임영기 新무협 판타지 소설

FANTASTIC ORIENTAL HEROES

무정도 3

임영기 新무협 판타지 소설

초판 1쇄 찍은 날 § 2013년 10월 2일
초판 1쇄 펴낸 날 § 2013년 10월 9일

지은이 § 임영기
펴낸이 § 서경석

편집부장 § 권태완
편집책임 § 박가연

펴낸곳 § 도서출판 청어람
등록번호 § 제1081-1-89호
등록일자 § 1999. 5. 31
어람번호 § 제2-2409호

주소 § 경기도 부천시 원미구 심곡2동 163-2 서경B/D 3F (우) 420-822
전화 § 032-656-4452 팩스 § 032-656-4453
http://www.chungeoram.com
E-mail § chungeorambook@daum.net

ⓒ 임영기, 2013

ISBN 978-89-251-3494-9 04810
ISBN 978-89-251-3463-5 (세트)

무도
무정
정
情刀

임영기 新무협 판타지 소설

3

염마왕(閻魔王)

무정도
情刀

目次

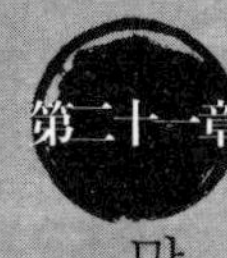

第二十一章

망자재배(芒刺在背)

—가시를 등에 지고 있다

쾌도비는 한 그루 나무의 높은 나뭇가지에 앉아서 반 시진 동안 기다렸다.

그는 구양웅의 외침을 들은 직후에 잠을 자고 있던 동굴에서 나와 이곳으로 왔다. 주소옥은 안전을 위해서 동굴 안에 혼자 놔뒀다.

고요한 한밤중에 구양웅의 공력이 실린 외침은 산중에서 족히 수십 리 밖에서도 들을 수 있으므로 쾌도비는 즉시 그에게 접근하지 않고 만전을 기하고 있는 것이다.

구양웅이 혼자 왔다면 다행이지만 만에 하나 미행이라도

당했다면 쾌도비가 무조건 그에게 접근하는 것은 위험천만한 일이다.

구양웅은 봉우리 꼭대기에서 큰 소리로 다섯 번 외치고 이후에는 침묵을 지키고 있다.

외침을 듣고서 쾌도비와 주소옥이 근처에 있다면 와주기를 기다리고 있는 듯했다.

쾌도비는 아까 도착하여 봉우리를 한 바퀴 돌아본 후에 이곳에 자리를 잡았다.

그가 둘러본 결과 봉우리 주변에는 별 이상한 점이 보이지 않았으며, 또한 봉우리에서 내려오는 길은 이쪽 밖에 없다고 판단했다.

그래서 구양웅이 내려온다면 이쪽을 선택할 것이라고 짐작하고 기다리는 것이다. 아니, 그에게 미행이 붙지 않았는지 확인하려는 것이다.

구양웅으로서는 다섯 차례나 큰 소리로 외쳐서 아무도 나타나지 않는다면 봉우리 꼭대기에 오래 있을 필요가 없다.

이 근처에는 자봉공주가 없다는 것으로 인정하고 다른 곳으로 이동하는 것이 상식이다.

그런데도 구양웅은 반 시진이 지나도록 봉우리에서 내려오지 않았다.

그로부터 반각쯤 더 지난 후에야 봉우리에서 누군가 내려오는 기척이 났다.

쾌도비가 나뭇가지 사이로 뚫어지게 주시하고 있는 가운데 십여 명이 봉오리 아래 바위 사이로 모습을 드러냈다.

자정이 넘은 시각이지만 쾌도비는 선두의 인물이 구양웅이라는 것을 한눈에 알아보았다.

이틀 전 관도에서 스치듯 지나쳤으나 구양웅처럼 준수하고 당당한 체구에 호걸풍의 사람은 한 번 보면 쉽사리 잊히지 않는 모습이다.

구양웅 뒤로는 십여 명, 아니, 정확하게 열두 명이 따르고 있다. 구양웅까지 열세 명이다.

그들은 매우 지치고 상처를 입었으며 옷이 마구 찢어진 낭패한 행색을 하고 있었다.

무극사신 무리와 싸움을 벌였기 때문일 것이다. 하지만 구양웅 일행이 싸움에서 이겼는지 아니면 도망쳐서 여기까지 온 것인지는 알 수가 없다.

그들의 얼굴은 몹시 굳어 있었다. 자봉공주를 불렀는데도 아무런 반응이 없기 때문에 실망한 듯했다.

쾌도비는 꼼짝도 하지 않고 그들을 지켜보았다. 그에게서 구양웅 일행까지의 거리는 이십여 장에 불과했다.

구양웅 일행은 봉우리를 다 내려와서 주위를 두리번거리면서 서로 몇 마디 주고받더니 한쪽 방향으로 걸어갔다.

그런데 그들이 가고 있는 방향은 주소옥이 기다리고 있는 동굴 쪽이었다.

그들이 뭐를 알고서 그쪽으로 가는 것은 아니고 단지 우연한 일이다.

또한 그들은 주소옥을 찾는 것을 포기하지 않고 더욱 깊숙한 산속으로 들어가려는 것 같았다.

쾌도비는 마치 나뭇가지하고 일체가 된 것처럼 움직이지 않고 그들을 지켜보았다.

잠시 후 구양웅 일행이 시야에서 완전히 사라지고, 그들이 낙엽을 밟으면서 걸어가는 소리가 점점 멀어지더니 그마저도 들리지 않게 되었다.

미행이 없다는 것을 확인하면 쾌도비는 그들에게 다가가 주소옥을 만나게 해줄 생각이다.

하지만 그다음에는 어떻게 할지 생각해 보지 않았다. 그것은 쾌도비가 선택할 문제가 아니라 주소옥과 구양웅이 결정할 일이기 때문이다.

그들이 사라지고 나서 쾌도비가 속으로 느릿하게 백을 세는 동안에도 봉우리 위쪽이나 아래에서는 별다른 징후가 발견되거나 감지되지 않았다. 그것은 구양웅 일행이 미행을 당하지 않았다는 뜻이다.

이윽고 쾌도비는 나무에서 내려오기 위해서 느릿하게 몸

을 움직였다.

지금 구양웅 일행을 뒤쫓는다고 해도 충분히 찾아낼 수 있을 것이다.

그들은 이 근처에 자신들 밖에 없다고 굳게 믿고 있는지 행동을 하는 데 조심성이 없어서 찾아내는 데 어려움이 없을 터이다.

"……!"

그래도 주위를 살피는 일을 게을리 하지 않으면서 아래쪽 나뭇가지에 한쪽 발을 딛던 쾌도비는 움찔하면서 그 자리에 얼어붙었다.

아까 구양웅 일행이 내려왔던 바위 사이로 희끗한 모습이 보였기 때문이다.

쾌도비는 움직임과 숨을 멈춘 채 그곳을 뚫어지게 주시했다. 그리고 곧 그곳으로 청삼을 입은 세 명이 일렬로 내려오고 있는 모습이 보였다.

'무극사신!'

그 세 명이 누구인지 확인한 쾌도비는 속으로 외쳤다. 아까 홍강 마을 밖 관도에서 추격하던 무리의 선두 세 명의 얼굴을 그는 똑똑하게 기억하고 있는데, 그 세 명이 지금 봉우리에서 아래로 내려오고 있는 것이다.

쾌도비는 구양웅을 미행하는 자가 있는지 충분히 기다렸

다고 생각하여 몸을 움직였는데, 만약 세 명의 무극사신이든 쾌도비든 어느 누구라도 행동이 조금만 더 빠르거나 늦었으면 발각되고 말았을 것이다.

과연 쾌도비의 염려했던 바가 현실로 드러났다. 구양웅 일행은 이곳에 혼자 온 것이 아니다.

쾌도비의 지나칠 정도의 조심성이 자칫 위기를 초래할 상황에서 벗어나게 해주었다.

그러나 무극사신들은 쾌도비가 생각하는 것보다 훨씬 더 용의주도한 성격인 것 같았다. 하마터면 다 된 밥에 제를 뿌릴 뻔했다.

쾌도비는 왼발을 아래쪽 나뭇가지로 뻗은 자세에서 꼼짝도 하지 않고 무극사신들을 지켜보았다.

무극사신 세 명 중에 한 명이 조금 전 구양웅 일행이 간 방향으로 빠르게 쏘아가더니 잠시 후에 또 한 명이 따르고 한 명이 그곳에 남았다.

띄엄띄엄 뒤쫓아 가는 것은 추격, 혹은 미행의 기본이다. 세 명 중에 마지막 한 명이 남아 있다는 것은 아마 지원세력이 도착하기를 기다렸다가 이끌고 가려는 것일 게다.

마지막 남은 무극사신은 천천히 주위를 둘러보았다. 쾌도비는 자신이 숨어 있는 나무에 그의 시선이 이르렀을 때 바짝 긴장했다.

비록 나무 뒤에 숨어 있기는 하지만 마치 거기 숨어 있는 것을 다 알고 쳐다보는 것 같았다. 하지만 무극사신의 시선은 곧 지나쳤다.

휘이—

그런데 다음 순간 놀라운 일이 벌어졌다. 무극사신이 마치 새소리 같은 휘파람 소리를 내자 무극사신의 앞쪽 숲 속에서 스멀스멀 검은 그림자들이 유령처럼 모습을 드러냈다. 그것은 풀숲이나 나무가 자신의 분신을 토해내는 것처럼 으스스한 광경이었다.

그들은 쾌도비가 올라가 있는 나무의 좌우와 뒤쪽에서, 심지어 나무 바로 아래에서 불쑥불쑥 나타나서 무극사신에게 조용한 물결처럼 다가갔다.

가장 가까운 검은 그림자는 쾌도비가 올라가 있는 나무에서 채 일 장도 떨어지지 않았다.

간담이 크다고 자부하는 쾌도비지만 이 순간만큼은 놀라지 않을 수 없다.

이들은 쾌도비가 나무에 올라간 이후에 이곳에 온 것이 분명하다.

만약 쾌도비가 나중에 왔다면 당연히 이들에게 들켰을 것이고 나무에 올라가지 못했을 것이다.

문제는 이들이 이곳에 온 것을 쾌도비가 전혀 감지하지 못했다는 사실이다.

이유는 두 가지일 것이다. 첫째, 쾌도비가 온 신경을 봉우리 쪽에 쏟느라 한눈을 팔고 있었으며, 둘째, 이들의 이동, 은신하는 능력이 대단하기 때문이다.

쾌도비가 알기로는 그런 능력을 지닌 자들은 살수(殺手)가 유일하다.

안타깝게도 그는 지금까지 한 번도 살수를 상대해 본 적이 없었다. 그럴 일이 없었다.

그렇다고 해도 남다른 감지능력을 지닌 쾌도비의 이목에 걸리지 않고 지척까지 접근하여 은둔하고 있었다는 것은 놀라운 사실이다.

쾌도비는 자신이 발각됐으면 어떻게 됐을 것인가를 상상하니까 가슴이 답답해졌다.

잠시 후 무극사신 앞에 검은 인영들이 모였다. 도합 팔십여 명인데 그들의 복장을 보고 쾌도비는 자신과 주소옥이 홍강을 빠져나올 때 세 명의 무극사신과 함께 추격했던 백여 명의 괴인물이라는 사실을 확인했다.

그때 쾌도비는 그들이 심상치 않은 자들이라고 느꼈었는데 과연 추측이 틀리지 않았다.

또한 원래 그들은 백여 명이었는데 지금 팔십여 명이다. 아마도 구양웅이 이끄는 왕궁무사들과의 싸움에서 이십여 명을 잃은 것 같다.

무극사신은 그들에게 무언가를 지시했다. 쾌도비는 그 말을 유심히 듣고 있다가 마지막 몇 마디에 가볍게 눈살을 찌푸렸다.

이곳에 몇 명을 남겨두어서 머지않아 오게 될 지원세력들을 안내하라는 말이었다.

지원세력이라니, 무극사신들은 이 산중에 자봉공주가 있다고 확신하는 것 같았다.

그래서 추격대를 더 불러들여 대대적으로 사냥을 하려는 속셈이 분명하다.

구양웅의 조심성 없는 행동이 돌이키기 어려운 화를 초래하고 말았다.

구양웅 일행과 무극사신들이 주소옥이 있는 동굴 방향으로 몰려갔으니 한시바삐 쾌도비가 그쪽으로 가서 무슨 조치를 취해야만 할 것이다.

그보다 쾌도비에게 직면한 문제가 있다. 마지막 남은 무극사신이 무리를 이끌고 조금 전 두 명의 무극사신이 사라졌던 방향으로 몰려가고 난 이후 이곳에 다섯 명을 남겨두었기 때문이다.

다섯 명은 머지않아 도착하게 될 지원세력에게 무극사신의 명령을 전달할 것이다.

그런데 엎친 데 덮친 격이라고 다섯 명은 천천히 움직이더니 하필이면 쾌도비가 올라가 있는 나무 아래에 와서 멈추고는 아예 그 자리에 주저앉고 말았다.

쾌도비는 호흡을 멈추고 심장의 박동마저도 십분의 일 상태로 줄여 버렸다.

반귀식(半龜息)이라고 귀식대법의 변형인데 강호를 떠돌다가 익힌 잡술 중 하나다.

그 상태에서 그는 꼼짝도 하지 않았다. 그의 아래쪽에는 굵직한 나뭇가지가 가로로 쳐져 있어서 그의 모습을 가려주고 있을 뿐이다.

그러므로 나무 아래에 앉아 있는 자들이 몸을 약간 움직여서 위를 쳐다본다면 어렵지 않게 쾌도비를 발견할 수 있을 것이다.

쾌도비로서는 전혀 움직일 수도 움직여서도 안 되는 상황이다. 이럴 때는 그의 특기 중 하나인 고요함, 즉 정(靜)이 되어 주위의 경물과 하나가 되어야 한다.

그가 그런 식으로 있으면 절정고수가 아니면 그의 존재를 감지하지 못할 것이다. 절정고수라면 십분의 일로 줄인 심장 박동 소리마저 감지해 낼 터이다.

그러나 언제까지 이렇게 있을 수는 없다. 주소옥이 있는 동굴 쪽 방향으로 구양웅 일행과 무극사신들이 몰려갔으므로 무슨 일이 벌어질는지 알 수가 없다.

만약 동굴 가까운 곳에서 구양웅이 주소옥을 부르면 그녀가 대답을 할지도 모른다.

그리되면 그 소리를 무극사신들도 듣게 될 테고 그것으로 끝이다.

쾌도비가 없는 상황에서 주소옥은 무극사신들의 먹이가 되고 말 것이다.

쾌도비는 생각을 길게 하지 않는다. 그리고 결정을 내리면 그 즉시 행동에 옮긴다.

그는 나무 아래에 앉아 있는 다섯 명을 모두 죽이기로 결정했다.

이들을 죽여야지만 그가 주소옥에게 갈 수가 있고, 무극사신의 지원세력이 오더라도 어떻게 할지 몰라서 한동안 갈팡질팡할 것이다.

그러나 이들을 죽이면 당연히 비명을 지를 것이다. 쾌도비는 지금까지 많은 적을 죽였으나 아무 소리도 내지 못하도록 죽인 적은 없었다.

하지만 지금은 그것이 필요할 때다. 비명은 안 된다. 최소한 답답한 신음 소리 정도는 괜찮을 것이다.

지금쯤 무극사신들이 어디까지 갔는지는 모르지만 신음 소리를 감지할 수 있는 거리는 벗어났을 것이라는 게 쾌도비의 판단이다.

쾌도비는 고개를 살짝 틀어서 아래를 굽어보았다. 다섯 명의 장한이 둥글게 둘러앉아서 무언가 먹고 있다. 간단한 요기를 하고 있는 것 같았다. 이들은 요기를 하려고 한데 모여서 앉았던 것이다.

사람이 저작(詛嚼), 즉 씹는 행위를 할 때에는 고막이 크게 울리기 때문에 주위에서 일어나는 소리를 잘 듣지 못해서 감지능력이 크게 떨어진다.

이들의 눈에만 띄지 않으면 미약한 소리를 내는 것 정도는 괜찮다는 뜻이다.

쾌도비가 올라와 있는 나무는 소나무가 아니다. 솔잎이면 적엽비화의 수법으로 순식간에 최대한 세 명까지 제압할 수 있다.

솔잎 세 개를 한꺼번에 던지는 것이 아니라 하나씩 빠르게 던지는 것이다.

하지만 이런 보통의 나뭇잎으로는 한 명 밖에 제압할 수가 없다.

그러나 지금은 두 명까지 제압해야 하는 상황이다. 예전에 해보지 않았던 것을 시도해야만 한다.

톡…….

그는 손을 뻗어 돌돌 말린 나뭇잎 두 개를 동시에 따고는 재빨리 아래를 굽어보았다.

다섯 명 모두 먹는 것에 열중하고 있는 중이므로 나뭇잎 따는 소리를 듣지 못한 듯했다.

그는 아래쪽에 앉아 있는 다섯 명의 방위와 각도, 자세 따위를 머릿속으로 그리면서 어떻게 제압하거나 죽일 것인지를 계산했다.

처음에는 두 개의 나뭇잎을 한꺼번에 날려서 둘을 제압하는 것과 동시에 아래로 뛰어내리면서 비도쾌를 날려 다시 둘을 죽인다.

그다음에 나머지 한 명은 창룡도를 뽑아 죽인다. 다섯 명을 제압 혹은 죽이는 것은 그의 발이 땅에 닿기 전에 이루어져야 한다.

쾌도비는 오른팔의 공력을 손가락 사이에 끼고 있는 두 개의 나뭇잎에 모았다.

오른팔의 막강한 공력이 주입된 두 개의 나뭇잎은 비수처럼 단단해진 상태다.

나뭇잎이든 비도쾌든 어느 것 하나라도 실패한다면 낭패다. 살아남은 한 명 혹은 두 명이 도망치거나 반격을 하면서 소리를 지르면 그로써 쾌도비의 존재가 발각될 것이고, 공격자의 입장에서 도망자의 신세가 돼버릴 것이다.

'그렇지 않다.'

거기까지 생각하던 그는 또 다른 사실을 깨달았다. 만약 그가 이들을 죽이려다가 실패해서 한바탕 소란이 벌어져서 무극사신들이 듣게 된다면 그들을 혼란에 빠뜨릴 수도 있을 것이라는 사실이다.

그리고 주소옥이 있는 동굴 쪽으로 가고 있는 그들을 이쪽으로 유인할 수도 있을 것이다. 그렇게 생각하자 마음이 편해지고 자신감이 더 생겼다.

순간 그는 나뭇가지에서 소리 없이 하강하며 봉우리 쪽을 마주하고 나란히 앉은 두 명의 정수리를 향해 힘껏 두 개의 나뭇잎을 동시에 쏘아냈다.

스슷—

매우 미약한 음향이 흐르면서 두 개의 나뭇잎이 거의 수직으로 내려꽂혔다.

나뭇잎이 두 명의 정수리에 꽂히기도 전에 쾌도비의 오른손이 품속으로 들어가 비도쾌를 잡았고, 왼손은 어깨의 창룡도 도파를 움켜잡았다.

나뭇잎이 비록 미약한 음향을 냈지만 파공음이라서 다섯 명은 동시에 재빨리 고개를 들어 위를 쳐다보려고 했다.

파팍!

"끅!"

"큭!"

그러나 그전에 두 개의 나뭇잎이 두 명의 정수리에 절반쯤 깊숙이 꽂혔다.

남은 세 명이 고개를 들고 있을 때 쾌도비는 오른손 손목을 강하게 안으로 당기면서 비도쾌를 쏘아냈다.

부우우…….

그와 동시에 그는 창룡도를 뽑으며 마지막 한 명에게 쾌도식의 가장 빠른 십일변을 전개했다.

쾌액!

마지막 한 명은 크게 놀란 표정을 지으면서 빠른 동작으로 퉁기듯 일어서며 어깨의 검을 잡았고, 비도쾌가 겨냥한 두 명 중 한 명은 옆으로 쓰러지듯 몸을 날렸다.

팍!

비도쾌는 한 명 밖에 죽이지 못했다. 비도쾌가 비스듬히 사선으로 내려꽂히면서 한 명의 옆머리를 자르고 그 옆에 앉은 자의 목을 잘라야 하는데, 두 번째 인물이 몸을 날려 피한 것이다.

이것은 비도쾌의 실수가 아니라 쾌도비의 실수다. 위에서 아래로 공격하면 적의 공격 부위가 상대적으로 좁다는 사실을 쾌도비가 간과한 탓이다.

아니, 간과를 했다기보다는 그 상황에서는 그렇게 할 수밖에 없었다.

옆으로 몸을 날린 자는 데구르르 구르면서 어깨의 검으로 손을 가져가고 있는 중이다.

삭—

"캑!"

다행히 창룡도는 적이 검을 뽑기도 전에 정수리를 세로로 쪼개는데 성공했다.

비도쾌를 피한 한 명은 쾌도비가 창룡도로 한 명을 죽이는 사이에 순식간에 이 장 밖으로 굴러가서 벌떡 일어나더니 반대 방향으로 도망치려는 자세를 취했다.

파아…….

한 명의 옆머리를 비스듬히 쪼갠 비도쾌가 낙엽이 수북하게 깔린 땅을 파면서 회전하더니 급격하게 반원을 그리며 허공으로 떠올라 쾌도비에게 돌아오고 있다.

그는 두 발이 땅에 닿기도 전에 상체를 기우뚱 눕히면서 오른손을 뻗어 비도쾌를 잡았다.

원래는 회전하는 비도쾌의 가운데 구멍에 손을 넣어야 하지만 워낙 다급한 터라서 아무렇게나 대충 잡자마자 막 도망치기 시작하는 자를 향해 힘껏 내던졌다.

바우…….

비도쾌는 캄캄한 숲 속에 특유의 파공음을 내면서 흐릿한 흑광을 길게 흘리며 번갯불 같은 속도로 날아갔다.

파아…….

"흐억!"

아무리 빠르다고 해도 비도쾌보다 빠를 수는 없다. 비도쾌가 등 한가운데를 가르고 가슴으로 튀어나가자 그자는 몸통이 두 동강이 나서 나뒹굴었다.

마지막으로 비도쾌에 죽은 자의 비명 소리가 조금 컸으나 쾌도비는 상관하지 않았다.

그 소리를 듣고 무극사신들이 이곳으로 온다면 오히려 다행한 일이다.

쾌도비는 다섯 명이 완전히 죽었는지 확인해 보았다. 나뭇잎이 정수리에 꽂힌 두 명 중 한 명은 사혈이 찍혔기 때문에 즉사했다.

그런데 다른 한 명은 약간 빗맞은 탓에 옆으로 쓰러져서 눈을 허옇게 까뒤집고 몸을 부들부들 떨고 있기에 비도쾌로 목을 찔러 죽였다.

문득 그는 비도쾌를 들어 올리다가 손을 다치지 않았는지 살펴보았다.

방금 전 되돌아오는 비도쾌를 잡을 때 회전하는 가운데로 손을 넣지 않고 그냥 대충 아무렇게나 잡았던 기억이 났기 때문이다.

하지만 뜻밖에도 손은 아무렇지 않았다. 도대체 어떻게 된 일인지 영문을 알지 못했다. 그런 경황 중에 비도쾌를 제대로 잡았을 리가 없는데도 전혀 손을 다치지 않았다는 사실을 이해할 수가 없었다.

'혹시?'

쾌도비와 주소옥은 비도쾌에 피를 흘려 넣어서 영혼이 통하게 되었다.

그래서 그는 혹시 손에 상처가 나지 않은 것이 그것 때문일지도 모른다는 생각이 뇌리를 스쳤다.

그는 재빨리 주위를 둘러봐서 이상한 징후를 느끼지 못하자 삼 장 거리의 나무를 겨냥하고 비도쾌를 날렸다.

부우우…….

비도쾌는 흑광과 혈광을 동시에 번뜩이면서 회전하며 날아가 한 아름쯤 되는 나무를 단번에 두 동강 내고 급격하게 회전을 하여 쾌도비에게 다시 날아왔다.

그는 마른침을 삼키면서 비도쾌를 향해 오른손을 내밀었다.

만약 그의 짐작이 틀렸다면 그의 손목이나 손가락이 비도쾌에 뭉텅 잘리고 말 것이다.

그러면 아까 경황 중에 비도쾌를 잡았던 것은 요행이었다는 뜻이다.

하지만 그는 이 위험천만한 모험을 그만두려고 하지 않았다. 모험 없이는 발전도 없다는 것을 잘 알기 때문이다.

부우…….

비도쾌가 쏘아오자 그는 손을 내밀어 무턱대고 붙잡으려고 하면서 과연 어떻게 되는지 보려고 뚫어지게 주시했다.

척—

다음 순간 비도쾌의 손잡이가 쾌도비의 오른손 손안에 제대로 잡혔으며 손목이 잘라지지도 다치지도 않았다.

하지만 그는 눈도 깜빡이지 않고 뚫어지게 주시했음에도 불구하고 비도쾌가 어떻게 자신의 손안에 잡혔는지 전혀 보지 못했다.

흐릿하게조차도 못 봤다. 비도쾌가 손하고 한 뼘 거리까지 다가왔을 때부터 손안에 잡히기까지의 상황을 뻔히 눈으로 보고서도 뭐가 어떻게 된 것인지 알지 못했다.

어쨌든 그와 비도쾌가 하나로 이어져 있다는 사실이 다시 한 번 입증되었다.

이로써 되돌아오는 비도쾌를 잡으려고 애를 쓰지 않고 그저 손만 내밀면 된다는 것을 확실히 깨닫게 되었다.

이어서 그는 죽은 다섯 구의 시체를 끌고 가서 봉우리 아래 바위 뒤쪽 은밀한 곳에 꼭꼭 감춰두고 핏자국이나 그들이 먹던 건육 따위를 깨끗이 치웠다.

시체를 그대로 방치하거나 아니면 감추는 것은 별 차이가 없는 것일 수도 있다.

하지만 때로는 그 별 차이 없는 것처럼 여겨지는 것이 크게
는 목숨을 건질 수 있는 동기를 제공해 주기도 하고, 작게는
촉박할 때 시간을 벌어주기도 한다. 그러나 이도 저도 아니면
그만이다.

어쨌든 이런 작은 수고가 도움이 됐으면 됐지 절대 피해를
주지는 않는다.

쾌도비는 전력으로 비조행을 전개하여 숲 속을 쏘아갔다.

조금 전까지만 해도 그는 한시바삐 주소옥에게 돌아가야
한다고 생각했으나 지금은 생각이 바뀌었다.

다섯 구의 시체를 감추고 핏자국과 그들이 먹다가 어지럽
게 널려진 마른 음식 따위를 치우는 동안 한 가지 좋은 생각
이 떠올랐던 것이다.

좋은 생각이라기보다는 그에게는 이것 또한 하나의 모험
이라고 할 수 있다.

그는 예전의 그가 아니다. 예전의 그가 한 마리 사나운 늑
대였다면 지금은 호랑이가 되려고 하는 과정이다.

창룡도와 비도쾌가 그에게 호랑이의 날카로운 이빨과 창
공을 날 수 있는 날개가 되어주고 있다.

그것을 확실하게 자신의 것으로 만들려면 갖고만 있어서

는 소용이 없다. 꾸준하게 반복되는 모험을 통해 끝없이 강해져야만 한다.

그렇다고 해서 무턱대고 창룡도와 비도쾌의 능력만 믿어서는 안 된다.

그것들의 주인은 쾌도비이고 그의 손을 통해서 빛날 수도 묻혀 버릴 수도 있다.

현재 그는 자신의 실력이 오 할이고, 비도쾌가 삼 할, 창룡도를 이 할로 평가한다.

그의 목표는 비도쾌와 창룡도를 완전히 자신의 것으로 만들어 그 자신이 십 할이 되는 것이다. 그러면 예전보다 두 배 정도 고강해질 것이다.

그것은 누나의 유언하고는 관계가 없는 단지 무인으로서의 순수한 욕망이다.

슈우…….

일각쯤 비조행을 발휘하여 전력으로 쏘아가던 쾌도비는 전방 백여 장쯤에서 희끗한 물체를 발견하고 즉시 속도를 줄였다.

조금 전에 그가 죽인 다섯 명과 똑같은 복장의 사내 수십 명이 어둠 속에서 경공을 전개하여 달려가고 있는 뒷모습을 발견했다.

세 번째 무극사신이 인솔하고 있는 칠십오륙 명의 고수다.

그 앞쪽에 얼마간의 간격을 두고 두 명의 무극사신이 구양웅 일행을 미행하고 있을 것이다.

지금 쾌도비가 시도하려는 모험은 앞선 두 명의 무극사신을 급습하여 한 명은 죽이고 한 명은 제압하려는 것이다. 불현듯 그 생각이 떠올랐다.

기회는 위기의 모습으로 위장하고 있다는 말은 그가 좋아하는 말이기도 하며 무수히 경험했었다.

앞선 두 명의 무극사신과 뒤따르는 한 명의 무극사신, 그리고 칠십오륙 명의 고수와의 간격이 얼마나 될는지 쾌도비로서는 모르고 있다.

그렇지만 지금으로썬 그것을 확인할 시간적 여유가 없다. 다만 뒤따르는 무극사신과 칠십오륙 명의 고수가 당도하기 전에 앞선 두 명의 무극사신을 한 명은 죽이고 한 명은 제압해야 한다.

한 명을 제압하려는 것은 그자를 심문하여 진짜 원수를 찾아내려는 의도다.

그러기 위해서는 급습을 해야만 하고 그의 막강한 오른팔과 비도쾌, 창룡도를 최대한 이용해야 한다. 그랬을 때 가능성이 충분하다고 판단했다.

그는 방향을 틀어 우측으로 내달렸다. 한 명의 무극사신과 칠십오륙 명의 고수를 우회하여 앞질러 가서 두 명의 무극사신을 조지려는 것이다.

　'찾았다.'
　쾌도비가 그리 빠르지 않은 속도로 달리고 있는 두 명의 무극사신을 발견하고 우측 측면으로 접근하기 시작한 것은 그로부터 반각 후였다.
　그들 앞쪽의 구양웅 일행이 주위를 살피면서 빨리 달리지 않았기 때문에 쾌도비는 두 명의 무극사신을 쉽게 따라잡을 수 있었다.
　그렇다고 해서 좋은 점만 있는 것은 아니다. 두 명의 무극사신이 느리게 가면 뒤따르는 한 명의 무극사신과 칠십오륙 명의 고수가 더 빨리 당도하게 될 것이므로 쾌도비에겐 시간이 없다는 뜻이기도 하다.
　두 명의 무극사신은 구양웅 일행에게 신경을 집중하고 있느라 주위의 경계를 게을리할 것이라는 점도 쾌도비에게 유리하게 작용한다.
　쾌도비는 조금 속도를 늦추었다가 그들이 완전히 지나가자 전속력으로 내달려서 뒤에 따라붙었다.
　쉬이이ー
　그는 속도를 줄이지 않고 가속력이 붙자 점점 더 빠른 속도로 뒤쪽 무극사신에게 쏘아갔다.

그의 오른손에는 비도쾌가 쥐어져 있다. 비도쾌로 뒤에 있는 자가 아닌 앞쪽의 무극사신을 일격에 죽일 것이다. 직후 뒤의 무극사신을 제압한다는 계획이다.

비도쾌는 웬만한 거리는 실수가 없으니까 앞쪽 무극사신을 죽이고, 죽이는 것보다는 제압하는 것이 어렵기 때문에 직접 뒤쪽 무극사신을 상대하려는 것이다.

거리가 십여 장에서 순식간에 오 장으로 좁혀들었으나 그는 아직 공격하지 않았다.

뒤쪽의 무극사신이 뭔가 낌새를 감지하고 돌아보는 순간 공격해도 늦지 않다는 생각이다. 그래서 최대한 가깝게 바짝 따라붙을 것이다. 가까우면 가까울수록 성공할 확률이 높아진다.

일이 잘 풀리려니까 그가 이 장까지 쇄도하고 있는데도 뒤쪽의 무극사신은 그의 존재를 알아차리지 못했다. 그것이 비조행의 탁월함이다.

또한 이들은 앞쪽의 구양웅 일행에 지나치게 신경을 쏟고 있는 것이 분명했다.

뒤쪽 무극사신과 앞쪽 무극사신의 거리는 일 장 남짓이며 이미 공격권 안에 들어왔다.

쾌도비는 달려가는 기세를 빌어 발끝으로 힘껏 바닥을 박차고 쏜살같이 그리고 비스듬히 허공으로 솟구쳤다.

팟!

그 마지막 발 디딤 소리에 달리던 두 명의 무극사신이 동시에 뒤돌아보았다.

그 순간 그들은 꿈에서조차 예상하지 못했던 광경을 목격해야만 했다.

앞선 무극사신은 자신의 뒤를 따르고 있는 무극사신의 바로 뒤쪽 반 장 거리에서 그의 머리 위 두 자 높이에 떠 있는 하나의 희끗한 인영을 발견하고 움찔 놀랐다.

그러나 그 희끗한 인영의 오른손에 한 자루 검으면서도 붉은 칼이 쥐어져 있으며, 그가 오른팔을 뒤로 젖혀서 그것을 막 던지려는 자세를 취하고 있는 것을 발견하고는 더욱 경악하고 말았다.

뒤쪽에서 달리고 있는 무극사신은 심장이 목구멍으로 튀어나올 정도로 경악했다.

뒤돌아보는 자신의 반 장 거리 허공에 희끗한 인영 하나가 떠서 공격 자세를 취하고 있는 것을 발견했으니 놀라지 않으면 비정상이다.

바우우—

특유의 말벌 날갯짓 파공음을 요란하게 내면서 비도쾌가 쾌도비의 오른손을 떠났다.

그와 동시에 쾌도비는 창룡도를 뽑아 그대로 아래쪽에 있는 무극사신의 오른쪽 어깨를 세로로 그어 내렸다.

쾌액!

앞선 무극사신은 워낙 빠르게 회전하면서 쏘아오는 비도쾌를 불과 일 장 남짓한 거리에서 도저히 피하지 못하고 경악하는 표정을 짓고 있는데 비도쾌가 얼굴 정면을 가로로 갈라 버렸다.

팍!

비명도 지르지 못하고 얼굴 가운데가 뭉텅 잘라져서 윗부분이 허공으로 떠올랐다.

챵!

뒤쪽의 무극사신은 쾌도비가 앞쪽 무극사신에게 비도쾌를 던지는 찰나지간에 발검을 하는 것과 동시에 쾌도비를 베어 갔다.

그러나 만약 쾌도비가 뒤쪽 무극사신부터 공격했다면 그런 기회가 없었을 것이다.

그 짧은 순간에 놀라움을 다스리고 공격을 가하다니, 과연 무극사신이다.

카각! 빡!

그러나 무극사신의 놀라운 반응은 무위에 그쳤다. 창룡도는 검을 두 동강 내버렸고, 뒤쪽 무극사신의 오른쪽 어깨를 그어 내리는 순간 도가 뒤집혀 칼등으로 어깨를 갈겼다.

"크윽……."

무극사신은 검을 쥐고 있던 오른쪽 어깨가 바스러져서 고통스러운 신음을 흘리며 검을 떨어뜨리고 비틀거렸다.

탁!

쾌도비는 아래로 하강하면서 그자의 명치 부위를 발끝으로 가볍게 걸어차고 되돌아오는 비도쾌를 잡았다.

"끄으으……."

명치를 맞은 무극사신은 그 자리에 털썩 주저앉아 숨이 막혀서 눈을 부릅뜨고 입을 크게 벌렸다.

쾌도비는 재빨리 그자의 혼혈을 제압하고는 가볍게 들쳐메고 숲 속으로 사라졌다가 잘 감춰두고 다시 돌아왔다.

그는 조금 전에 두 명의 무극사신이 온 방향을 힐끗 쳐다보고 아무도 오지 않는 것을 확인하고는, 얼굴이 반으로 잘려서 즉사한 무극사신의 시체를 근처의 낙엽 더미에 감추고 핏자국 따위의 흔적을 말끔히 없앴다.

앞서 간 두 명의 무극사신을 찾지 못한다면, 뒤따라오는 한 명의 무극사신과 칠십오륙 명의 고수는 어찌 된 영문인지 모르고 한동안 갈팡질팡할 것이다.

第二十二章

경달권변(經達權變)

—그때그때의 형편에 따라서 알맞은 수단을 취한다

　　구양웅 일행은 낭떠러지 끝에 이르러 크게 낙담한 표정으로 그 자리에 멈추었다.

　　앞으로는 더 이상 갈 곳이 없으며 이곳까지 오는 동안 아무런 흔적도 발견하지 못했다.

　　어제 저녁에 쾌도비는 주소옥을 업고 이곳으로 왔었으나 일체의 흔적을 남겨두지 않았으므로 구양웅 일행이 낙담하고 있는 것이다.

　　또한 지금 구양웅 일행이 서 있는 낭떠러지 아래쪽에 멀지 않은 동굴 속에 주소옥이 있으나 그런 사실을 그들로서는 까맣게 모르고 있다.

"휴우… 공주님께선 어디로 가신 것인가?"

구양웅은 착잡한 심정을 금할 길 없어서 긴 한숨을 토하며 중얼거렸다.

어쩌면 방금 그의 중얼거림이 동굴 안에 있는 주소옥에게 들렸을지도 모른다.

"대사형, 혹시 그자가 다른 곳으로 간 것이 아닐까요?"

삼 사제 능성도가 지친 표정으로 자신의 의견을 말했다.

"우린 그자가 가르쳐 준 대로 힘들게 찾아왔는데도 헛수고만 했잖습니까?"

능성도는 고개를 모로 꼬았다.

"이제 생각해 보니까 그자의 정체가 의심스럽습니다."

"삼 사제, 그게 무슨 소린가?"

이 사제 황포영이 의아한 얼굴로 물었다.

능성도는 볼멘소리를 했다.

"소제 생각에 아무래도 그자가 공주님을 납치한 것 같습니다. 그렇지 않고서는 이럴 수가 없습니다."

"납치?"

황포영은 어이없다는 표정을 지었다.

"그렇다면 어제 낮 관도에서 공주님을 뵈었을 때 어째서 그런 말씀을 하시지 않았겠나?"

그때 주소옥은 맞은편에서 달려오고 있는 구양웅에게 추격하는 자들을 막아달라고 외쳤었지 자신을 업고 있는 청년에게 납치됐다는 말은 하지 않았었다.

능성도는 물러서려고 하지 않았다.

"그자가 공주님을 속였을지도 모릅니다."

"속여?"

"도와주는 체하면서 공주님을 고분고분하게 만들려는 속셈이었겠지요."

"말도 안 되는 소리."

황포영은 그만 말하라는 듯 손을 저으며 일축했다.

다들 능성도가 말도 안 되는 소리를 한다고 생각하면서도 마음 한구석으로는 어쩌면 그의 말이 맞을지도 모른다는 의구심이 고개를 쳐드는 것을 어쩌지 못했다.

그도 그럴 것이 자봉공주를 업고 있던 청년에 대해서 아는 것이 전혀 없으며, 그가 말한 홍강 최상류까지 왔는데도 만나지 못했기 때문이다.

황포영은 자봉공주와 함께 있는 청년을 믿고 싶었다. 아니, 그를 믿는 것보다는 자봉공주가 잘못되지 않기를 간절히 바라는 마음에서다. 청년을 믿어야지만 그녀가 무사할 것이기 때문이다.

"대사형, 혹시 공주님께선 홍강의 왼쪽으로 가셨는지도 모릅니다."

황포영의 말처럼 구양웅도 그것을 염려하고 있었다.

"지금이라도 우리가 그곳으로 가보는 것이……."

그런데 갑자기 구양웅이 움찔 놀라면서 손을 뻗어 황포영의 말을 막았다.

구양웅은 표정이 밝아지면서 마치 누군가의 전음을 듣는 듯한 모습이다.

일행은 조마조마한 표정으로 구양웅을 주시하면서 전음을 보낸 사람이 자봉공주와 함께 있는 청년이기를 간절하게 빌었다.

문득 구양웅의 표정이 일그러지는 것을 보고 일행은 가슴이 철렁 내려앉았다.

이윽고 잠시 후에 구양웅은 몸을 돌려 뒤쪽 숲 속의 한곳을 바라보면서 친근한 표정으로 한손을 들어 보이며 고개를 끄떡였다.

마치 누군가에게 인사를 하는 듯한 모습이라서 모두들 그쪽을 쳐다보았으나 어두컴컴한 숲만 보일 뿐 아무도 발견하지 못했다.

"가자."

모두들 그가 누구에게 무슨 애기를 들었는지 몹시 궁금한 표정을 지었지만 구양웅은 방금 고개를 끄떡인 방향하고는 다른 방향으로 신형을 날렸다.

쾌도비는 구양웅에게 전음을 보내고 나서 즉시 낭떠러지로 다가가 비도쾌를 이용하여 절벽을 기어 내려갔다.

그는 구양웅에게 지금까지의 사정을 간략하게 설명해 주고 만날 장소를 새롭게 정해주었다.

그 역시 이곳은 초행길이기 때문에 구양웅에게 이곳에서 북쪽으로 오십 리쯤 가서 커다란 바위 옆에 소나무 두 그루가 나란히 있는 곳이 나타난다면 그곳 소나무 뒤쪽에 표식을 남기겠다고 했다.

커다란 바위 옆에 소나무 두 그루가 나란히 있는 광경은 흔할 수도 있고 아주 드물 수도 있다.

그것은 산세(山勢)가 어떠냐에 따라서 달라질 수 있기 때문이다. 그러므로 그런 것이 있을지 쾌도비로서도 전혀 알지 못한다.

없으면 나타날 때까지 계속 북쪽으로 이동하면서 찾아야 한다. 하지만 삼라만상의 축소판인 이런 산중에 그런 것이 없을 리 없다.

그곳 소나무에 반달이 새겨져 있으면 북서쪽으로 십 리 더 가서 첫 번째 계류가 나타나는 곳에서 만나자는 뜻이고, 새한 마리가 새겨져 있으면 동북쪽으로 이십 리를 더 가서 마주

치는 첫 번째 봉우리 뒤쪽의 첫 번째로 눈에 띄는 바위 뒤에
서 만나자는 뜻이라고 정해두었다.

그것은 강호의 녹림(綠林)이나 사파에서 사용하는 은어(隱
語)로써 춘전(春典)이라고도 하고 녹림흑화(綠林黑話)라고도
하는 표식이다.

어떤 기호나 표식을 남기면 무엇을 어떻게 하라고 딱 정해
진 것은 없다.

그때그때 필요에 따라서 어떤 표식이 이러저러한 의미라
고 상호 간에 입을 맞추면 된다.

*　　　　*　　　　*

구양웅은 낭떠러지에서 북쪽으로 빠른 속도로 이동하면서
최대한 흔적을 남기지 않으려 애썼으며 미행이 있는지 확인
을 거듭했다.

한 번 미행을 당해서 큰 낭패를 당했기 때문에 미행에 각별
히 신경을 썼다.

황포영과 능성도, 왕궁무사들은 구양웅이 대체 누구에게
어떤 내용의 전음을 들었기에 갑자기 이런 행동을 하는 것인
지 몹시 궁금했으나 그는 입을 굳게 다문 채 돌덩이처럼 굳은
표정으로 달리기만 했다.

그러다가 구양웅은 달리기 시작한 지 두 시진이 지난 후에야 멈추더니 어느 은밀한 장소를 찾아서 모두를 불러 모아 착잡한 표정으로 말문을 열었다.

"우린 미행을 당했었다."

그 말에 일행은 대경실색한 표정을 지으면서 곧 착잡한 심정이 되어 아무도 입을 열지 않았다.

"공주님을 모시고 있는 그 청년이 미행을 따돌려 해결해 주었다."

구양웅의 다음 말은 모두를 안도하게 만드는 것과 동시에 가슴속에 커다란 바윗덩이를 얹어놓은 것 같은 답답함을 안겨주었다.

그 말을 끝으로 구양웅은 더 이상 아무 말도 하지 않았다. 마음이 너무 괴롭고 착잡해서 아무 말도 하고 싶지 않은 것이다.

그리고 일행도 그 말만으로 모든 것을 미루어 짐작할 수 있어서 아무것도 묻지 않았다.

사실 이들은 어제 무극사신 등과 치열한 싸움을 벌이다가 도저히 버틸 수가 없어서 도주를 했었다. 그 싸움에서 구양웅은 이십여 명의 왕궁무사를 잃었다.

하지만 싸움의 목적이 이기는 것이 아니고 자봉공주와 그녀를 업고 있는 청년을 무사히 도망치게 하는 것이었으므로 일단 목적은 성공한 셈이었다.

살아남은 구양웅 등은 힘겹게 도주에 성공하여 쾌도비와 약속했던 홍강의 최상류로 향했으나 미행이 있을 것이라고는 추호도 의심하지 않았었다.

모두들 숙연한 표정을 짓고 있는데 그중에서도 아까 자봉 공주와 함께 있는 청년을 의심했던 능성도는 부끄러워서 얼굴을 들지 못했다.

구양웅은 다시 이동하기 위해 일어나서 무거운 목소리로 말했다.

"우린 그 청년에게 죄와 빚을 졌다."

*　　*　　*

쾌도비가 동굴에 돌아왔을 때 주소옥은 자지 않고 그를 기다리고 있었다.

그녀는 동굴로 들어서는 그를 보자마자 엉금엉금 기어 와서 아무 말도 하지 않고 그의 품에 깊이 안겼다.

무언의 포옹에는 그가 무사해서 다행이라는 뜻과 그를 기다리는 동안 몹시 무서웠는데 이제 안심이라는 의미가 담겨 있었다.

쾌도비는 주소옥을 다시 자신의 상의 안쪽에 들쳐 업고 밖에서 미리 준비해 온 칡넝쿨로 단단하게 꽁꽁 묶은 후에 동굴을 나섰다.

마지막 남은 한 명의 무극사신과 그가 이끌고 있는 고수들이 지금쯤 산지사방으로 사라진 두 명의 무극사신, 그리고 구양웅을 찾아 헤매고 있을 것이므로 한시바삐 이곳을 벗어나는 것이 좋다.

어쩌면 지금쯤 지원세력이 도착했을 수도 있다. 지원세력이 얼마나 되는지 알 수 없지만 엄청날 것이라는 것만은 짐작할 수 있다.

쾌도비는 주소옥을 업고 동굴을 나온 후 제압해서 은밀한 장소에 감춰둔 무극사신을 옆구리에 끼고 그 길로 북쪽을 향해 나는 듯이 달리기 시작했다.

무극사신의 덩치가 크지만 쾌도비의 오른팔은 백만 근 무게도 가볍게 들 수 있으므로 무극사신 따윈 지푸라기보다도 가벼웠다.

"이자는 뭐야?"

두 팔을 쾌도비의 양쪽 겨드랑이 아래에 넣어 가슴을 꼭 끌어안고 두 발로는 그의 허리를 조이듯이 감은 그녀가 무극사신이 누구냐고 물었다.

쾌도비는 어떤 자들이 그녀를 죽이려고 하는지에 대해서 이제는 설명할 때가 됐다고 생각했다.

“공주는 강호에 대해서 아시오?”

“웬만큼은 알고 있어.”

그녀가 뜻밖의 대답을 했다. 변방이나 다름이 없는 곤명 그
것도 남령부 안에서 태어나고 자란 그녀가 강호에 대해서 알
고 있을 줄은 몰랐다.

“그럼 팔신궁이라고 들어봤소?”

“강호십신비라고 하는 사신육비의 하나잖아.”

“그렇소. 이자는 팔신궁의 수하요.”

쾌도비는 자신에게 온몸을 밀착하고 있는 주소옥의 몸이
갑자기 단단하게 경직되는 것을 느꼈다.

그래서 쾌도비는 그녀가 천절문에 가려는 것과 팔신궁이
그녀를 죽이려는 것이 어떤 깊은 연관이 있을지도 모른다는
생각이 들었다.

천절문이나 팔신궁은 둘 다 사신육비의 하나이기 때문에
어떤 가능성을 생각한 것이다.

“이자는 팔신궁의 무극사신으로 팔신궁의 여덟 종류의 신
중에서……”

“알고 있어. 무극사신이 최하위 ‘사’에 속한다는 것.”

그렇다면 쾌도비는 더 이상 할 말이 없다. 아는 것이 그게
전부이기 때문이다.

쾌도비는 동굴에서 나와 북쪽으로 이십여 리를 달린 후에 몇 개의 커다란 바위가 만들어놓은 적당한 장소를 발견하고 그 안쪽의 작은 공간으로 들어갔다.

그는 무극사신을 내려놓고는 혼혈을 풀어주는 것과 동시에 마혈을 제압하여 움직이지 못하도록 만들었다.

"음……."

무극사신은 바위를 등지고 처박힌 듯한 자세로 쓰러져 있다가 신음 소리를 내며 깨어났다.

그리고는 자신의 앞쪽 나지막한 바위에 쾌도비가 앉아 있는 것을 발견하고 움찔 놀라는 표정을 지었다.

쾌도비는 솥뚜껑처럼 커다란 손을 뻗어 무극사신의 머리를 덮듯이 잡고 똑바로 일으켜 앉혀주었다.

"네놈은……."

무극사신은 쾌도비가 공격하던 순간의 얼굴을 알아보고는 눈에서 불을 뿜듯이 험악하게 얼굴을 일그러뜨렸다.

그러다가 쾌도비의 오른쪽 어깨 위에 또 하나의 아름다운 얼굴이 있는 것을 발견하고 움찔 놀랐다. 그는 눈을 껌뻑거리더니 이윽고 그녀가 누군지 알아보고 나직한 탄성을 흘려냈다.

"자봉공주……."

무극사신은 정신이 번쩍 들어 자신을 제압한 청년이 누구인지 비로소 깨달았다.

아니, 정체는 모르지만 그가 암중에서 자봉공주를 호위하고 있는 인물이라는 사실을 알게 되었다.

이들의 우두머리인 사신이십오령주는 자봉공주를 돕고 있는 인물이 절정고수일 것이라고 추측했었다.

질린 듯한 표정으로 쾌도비를 쳐다본 무극사신은 그가 경험해 본 바에 의하면 이 청년은 절정고수가 틀림없는 것 같았다.

자신과 동료 무극사신에게 유령처럼 접근하여 찰나지간에 한 명은 죽이고 또 한 명은 제압하지 않았는가.

그 당시에 그들 둘은 어떻게 해볼 재간도 없이 속수무책 당하고 말았었다.

쾌도비가 무표정한 얼굴로 조용히 입을 열었다.

"예지연이라는 이름을 아느냐?"

단도직입적으로 본론부터 꺼냈다.

"모른다."

무극사신은 딱 잘라서 대답했다.

그러나 쾌도비는 실망하지 않았다. 이백오십삼 명의 무극사신 중에서 한 명이 모른다고 해도 아직 이백오십이 명, 아니, 또 한 명이 죽었으니 이백오십일 명이나 남아 있다.

쾌도비는 무극사신에게 솔직하게 말하고 그의 협조를 얻

으려는 생각을 했다.

"십팔 년쯤 전에 한 소녀를 만나서 사랑하게 됐던 무극사신에 대해서 알고 있느냐?"

왜냐하면 눈앞에 앉아 있는 이 무극사신은 절대로 밝혀서는 안 되는 비밀이라면 죽음을 불사하고서라도 지킬 것이다.

그러나 지금 쾌도비가 묻는 것은 그런 것하고는 하등의 관계가 없는 내용이다. 그러므로 그가 대답해 줄 것이라고 짐작했다.

무극사신은 의아한 표정을 짓더니 곧 차분한 얼굴로 쾌도비를 응시했다.

"너는 그 사람이 무극사신 중에 한 명이라고 생각하는 것이냐?"

"그렇다."

무극사신은 고졸한 미소를 머금었다.

"그 사람이 십팔 년 전쯤에 무극사신이었다면 아직도 무극사신이겠느냐?"

쾌도비는 못이 손등에 꽂힌 듯 가볍게 움찔했다. 그렇다. 어느 조직이든 진급이라는 것이 있다.

십팔 년 전쯤에 누나와 연인 관계였던 무극사신이라면, 그래서 그가 아직도 팔신궁에 몸을 담고 있다면 지금쯤 사의 위 단계인 '붕' 이나 '표' 로 진급했을 것이다. 그런 당연한 사실을 생각하지 못했다니 실수다.

"그렇다면 지금쯤 어떤 지위로 올랐겠느냐?"

무극사신은 어이없는 표정을 지었다.

"너는 내가 어째서 순순히 대답할 것이라고 생각하느냐?"

"내 물음은 목숨 걸고 지킬 만한 가치가 없을 테니까."

무극사신은 고개를 끄떡였다.

"그렇다. 하지만 공짜로 대답해 주고 싶지는 않다."

쾌도비는 무표정을 유지했다.

"무엇을 원하느냐?"

주소옥은 지금 쾌도비가 천하를 유랑하고 있는 이유에 대해서 얘기하는 것이라 짐작하고 귀 기울여 들었다.

무극사신은 눈을 감았다. 그리고는 표정이 가볍게 여러 차례 변하고 나서 천천히 눈을 뜨고 입을 열었다.

"내 품속에 있는 하나의 물건을 내가 남기는 말과 함께 한 여인에게 전해다오."

쾌도비는 그가 그런 부탁을 할 줄 예상하지 못했기에 슬쩍 미간을 찌푸렸다.

주소옥은 눈을 동그랗게 뜨고 뜻밖이라는 표정으로 무극사신을 똑바로 주시했다.

삼십대 초반의 나이에 관자놀이가 약간 튀어나왔으며 우뚝한 코에 갸름한 턱을 지닌 강인해 보이는 인물이다.

스슥…….

쾌도비는 손을 뻗어 무극사신의 품속을 뒤졌다. 제일 먼저 손에 잡히는 차갑고 단단한 물체를 꺼내보니 손바닥 절반 크기의 동그랗고 칙칙한 붉은색의 무극사신패다. 패의 중앙부에는 세로로 '사' 라는 한 글자가, 위에는 '이십오', 아래에는 '사령(四領)이라고 새겨져 있었다.

신분을 나타내는 것 같은데 그것만 봐서는 자세한 것을 알 수가 없다.

"나는 사신이십오령 휘하의 제사령 무극사령이다."

무극사신, 즉 무극사령은 쾌도비가 무극사신패를 살피는 것을 보고 체념한 듯 조용히 설명했다.

어쩌면 쾌도비가 자신의 부탁을 들어주기를 바라는 뜻에서 조금쯤 고분고분해진 것인지도 모른다.

물론 그는 쾌도비가 자신을 살려줄 것이라고는 추호도 기대하지 않는다.

쾌도비는 다시 품속을 뒤져서 다른 물건을 꺼냈다. 붉은색의 비단 주머니인데 주둥이가 녹색 비단 끈으로 묶어져 있으며 안에는 무언가 가락지 같은 것이 만져졌다.

"그것을 무창성(武昌省) 백수원(白首院)의 서빈(徐彬) 낭자에게 전해다오."

"전할 말은?"

쾌도비의 억양 없는 목소리에 무극사령은 금세 대답하지 않고 잠시 침묵을 지키다가 약간 고개를 숙이며 띄엄띄엄 중얼거렸다.

“사랑… 했었다고……. 다음 생애에서는 반드시 부부가… 되자고 전해다오.”

주소옥은 눈을 크게 떴다. 그녀는 설마 무극사령의 입에서 그런 부탁의 말이 나올 줄은 상상조차 하지 못했었다.

그녀는 사랑을 해본 적이 없지만 수천 권의 서책을 통해서 간접적으로 경험을 하여 자기 나름의 무지개처럼 아름다운 사랑의 정의를 내려두고 있다.

그런 그녀가 봤을 때 무극사령의 서빈이라는 여자를 향한 사랑은 지고지순한 것 같았다.

죽음을 앞둔 사람이 생의 마지막 순간에 떠올리는 것은 무욕(無慾)이고 진심이며 안타까움이다.

무극사령은 필경 사랑하는 여인에게 잘못했던 것들을 떠올리면서 그런 말을 했을 것이다.

쾌도비는 가볍게 고개를 끄떡였다.

“알았다.”

그는 무극사령의 그런 말을 듣고도 전혀 동요되지 않은 듯했다.

무극사령이 그런 부탁을 하는 것은 자신이 이곳에서 죽을 것이라는 사실을 알기 때문이고, 쾌도비 역시 그를 죽이는 것을 기정사실처럼 행동했다.

무극사령은 잠시 숨을 고르다가 입을 열었다.

"네가 찾는 사람이 십팔 년 전에 무극사신이었으며 그동안 별일이 없었다면 지금쯤 '호신(虎神)'에서 '표신(豹神)' 사이로 진급했을 것이다."

팔신궁 사 위가 호신이고 육 위가 표신이다. 그 사이에는 오 위인 웅신(熊神)이 있다.

즉, 팔신궁 최하위인 무극사신이 십팔 년의 세월 동안 진급할 수 있는 지위는 세 단계라는 것이다.

"여러 면에서 뛰어난 사람이라면 호신, 보통이면 웅신, 밥통이라도 표신으로는 진급했을 것이다."

"더 위로 진급하거나 표신 아래, 그러니까 붕신으로 진급한 경우는 없느냐?"

"지난 십팔 년 동안 무극사신에서 호신보다 두 등급 높은 용신(龍神)까지 오른 사람이 단 한 명이었고, 그 아래 붕신(鳳神)은 다섯 명, 그리고 붕신에서 머문 사람은 한 명도 없었다. 그 정도면 스스로 자결을 했겠지."

십팔 년 동안 겨우 한 등급 밖에 진급을 하지 못하는 경우는 없다는 뜻이다.

쾌도비는 십팔 년 동안 무려 칠 등급이나 뛰어올랐다는 대

단한 한 명과 육 등급까지 진급한 다섯 명에 대해서는 접어두
기로 했다.

찾고 있는 인물이 그처럼 뛰어날 리가 없다는 생각에서고,
소수보다는 다수를 주목하자는 뜻이다.

그렇지만 무극사령이 여기까지 설명해 주었어도 별다른
진전이 없고 오히려 더 복잡해졌다.

조금 전까지만 해도 무극사신 한 등급만 파헤치면 됐었는
데 앞으로는 호신에서 표신까지 세 등급을 조사해야 하기 때
문이다.

무극사신을 만나고 또 제압하는 것도 이렇게 힘든데 그들
은 또 어떻게 해야 한다는 말인가.

쾌도비는 갑자기 막막해졌다. 무극사령에게 무엇을 물어
야 할지 말문이 막혀 버렸다.

"팔신궁은 지부(支部) 같은 것이 있느냐?"

주소옥이 쾌도비의 오른쪽 어깨에 턱을 얹은 채 무극사령
을 말끄러미 바라보며 물었다.

쾌도비는 그녀가 무엇 때문에 그런 것을 물어보는지는 모
르지만 또 다른 돌파구를 찾으려 한다는 사실을 짐작하고 대
답을 기다렸다.

"있소."

무극사령은 자봉공주에게 공손하려고 애쓰는 듯했다.

주소옥은 조금 전부터 자신이 알기 시작한 쾌도비에 대해서 몹시 궁금하게 여기다가 문답이 막다른 길에 처하자 기지를 발휘한 것이다. 그녀는 이번에는 쾌도비에게 물었다.

"십팔 년 전에 어디에 살았어?"

"낙양이오."

주소옥은 쾌도비가 말하는 여자가 나이로 봤을 때 그의 누나일 것이라고 짐작했다.

그 당시에 쾌도비는 막 태어났거나 겨우 한두 살이었겠지만 자신이 어릴 때 어디에서 살았는지 누나에게 들어서 잘 알고 있었다.

주소옥이 다시 무극사령에게 물었다.

"낙양에 팔신궁 지부가 있느냐?"

"있소. 낙양분궁(洛陽分宮)이라고 하오."

"십팔 년 전에 낙양분궁에 근무했었던 무극사신에 대해서 알아보려면 어떻게 해야 하느냐?"

주소옥의 예리한 질문에 쾌도비는 갑자기 머리가 환하게 밝아지는 것을 느꼈다.

십팔 년쯤 전에 팔신궁 낙양분궁에 근무했던 무극사신 중에서 누나를 알고 있는 자를 찾아내면 되는 것이다.

"본 궁 만사당(萬事堂)에 알아보면 되오."

무극사령은 자신이 사랑하는 여인 서빈에 대해서 말하고

나서는 매우 고분고분해졌다.

"팔신궁은 어디에 있느냐?"

"황도(皇都:북경)에 있소."

거기에서 대화가 끊어졌다. 사실 주소옥으로서도 더 물어볼 것이 없다.

하지만 쾌도비는 그녀 덕분에 가까스로 숨통이 트였다. 그는 자신과 누나가 십팔 년 전쯤에 낙양에서 살았다고 알고 있으며, 그렇다면 그곳에서 누나는 무극사신을 만나 사랑에 빠졌을 것이라고 짐작했다.

그러므로 이제 북경에 가서 팔신궁의 만사당에서 십팔 년쯤 전에 낙양분궁에서 근무했었던 무극사신이 누군지 알아내면 된다.

그 일이 아무리 어렵더라도 십팔 년 전에 무극사신이었으며 지금은 위 등급으로 진급을 한 수백 명을 일일이 한 명씩 찾아내서 예지연을 아느냐고 물어보는 것보다는 훨씬 쉬운 일이다.

"팔신궁이 왜 날 죽이려는 것인지 아느냐?"

주소옥은 이제 자신에 대해서 물어보았다. 팔신궁 최하위인 무극사신 따위가 그런 것을 알고 있겠느냐마는, 그래도 밀져야 본전인 셈치고 물은 것이다.

"모르오."

"너의 직속 상전 사신이십오령주라는 자는 아느냐?"

"그도 모를 것이오."

주소옥은 아미를 살짝 찌푸렸다.

"그렇다면 누가 알고 있겠느냐?"

"영주에게 명령을 내린 사람은 알고 있지 않겠소?"

"그자가 누구냐?"

"모르오."

주소옥은 한 번 질문을 시작하면 반드시 그 내용의 끝까지 도달하고야 말았다. 그것은 그녀가 지나칠 정도로 총명하다는 뜻이다.

"영주는 어디에 있느냐?"

"악양 호천루에 있소."

쾌도비는 악양 호천루에서 자봉공주의 수급을 기다리고 있는 무극사신이 있다는 사실을 알고 있으나 그자가 사신이십오령주라는 것까지는 모르고 있었다.

방금 무극사령이 말한 악양 호천루는 사실이다. 그러므로 그가 지금까지 말해준 내용은 전부 사실일 것이라고 쾌도비는 믿었다.

주소옥 다음에는 쾌도비가 이어받아 무극사령에게 몇 가지 질문을 더 했다.

현재 주소옥을 죽이기 위해 팔신궁에서 누가 그리고 몇 명이나 이곳에 왔는지, 동원된 방파와 문파는 얼마나 되며 어떤 곳들인지 등이다.

질문과 대답이 끝난 후 쾌도비는 일말의 감정도 없는 얼굴과 목소리로 말하며 창룡도를 뽑았다.

"고맙다. 대신 고통 없이 죽여주마."

무극사령은 쾌도비가 왼손에 쥐고 있는 창룡도보다 오른손에 쥐고 있는 붉은 비단 주머니를 응시했다.

"약속을 지켜주기 바란다."

그는 자신이 죽는 것보다 비단 주머니가 서빈이라는 여자에게 전해지는 것을 더 중요하게 생각하는 것 같았다.

그리고 그는 죽음을 목전에 둔 이 순간 매우 중요한 사실을 깨달았다.

자신이 서빈을 목숨보다 더 사랑하고 있으며, 다시 한 번 자신에게 기회가 주어진다면 모든 것을 다 버리고 오로지 그녀만을 사랑하겠노라고 생각했다.

하지만 그런 기회는 오지 않을 것이다. 그는 쾌도비가 창룡도를 치켜드는 것을 보면서 천천히 눈을 감았다.

쉬익!

그리고 창룡도가 허공을 가르며 무극사령의 목을 향해 그어 내려졌다.

"으으……."

오른쪽 어깨가 부서지는 듯한 극심한 고통이다.

무극사령은 본능적으로 왼손으로 오른쪽 어깨를 만지면서 눈을 뜨며 동시에 몸을 일으켰다.

그러다가 그는 움찔 놀라며 그 자리에 얼어붙었다. 오른쪽 어깨가 주저앉을 것처럼 고통스럽다는 것은, 그리고 그의 눈 앞에 펼쳐진 광경은 그가 죽지 않았다는 것을 말해주고 있었다.

"이게 어떻게……."

그는 넋 나간 얼굴로 중얼거리면서 자신의 마지막 기억을 더듬었다.

자봉공주를 업고 있던 청년이 도를 치켜들었을 때 그는 눈을 감았고, 도가 허공을 가르는 파공음을 들었던 순간이 마지막 기억이다.

그는 어깨의 고통도 잊은 채 자세를 똑바로 하며 주위를 두리번거렸다.

사방을 가로막고 있는 커다란 바위들 안쪽의 아담한 공간에 그는 앉아 있다. 청년과 자봉공주가 이것저것 물어보았던 바로 그곳이다.

문득 그는 자신의 앞쪽 바닥에 놓여 있는 붉은 비단 주머니를 발견했다.

그것은 그가 무창의 서빈에게 전해달라고 청년에게 부탁했었던 물건이다. 청년은 그것을 가져가지 않았으며 그를 죽이지도 않았다.

"아……."

무극사령은 어떤 사실을 깨닫고 얼굴 표정이 복잡하게 변하며 나직한 탄성을 흘렸다.

그는 청년이 자신을 죽이지 않은 이유를 깨달았다. 그것은 그가 죽음을 앞두고 마지막으로 깨달았던 삶의 중요한·의미와 같은 맥락이다.

청년의 뜻은 '네가 그녀에게 직접 갖다 줘라' 는 것이다.

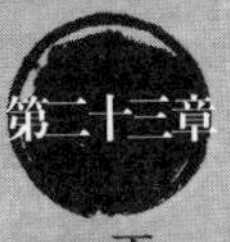

第二十三章

조심누골(彫心鏤骨)

—마음에 새겨지고 뼈에 사무친다

"아무리 생각해 봐도 팔신궁이 나를 죽이려고 하는 이유를 모르겠어."

주소옥은 평소보다 조금 말이 많아졌다. 쾌도비가 천하를 유랑하고 있는 목적에 대해서, 그리고 그녀를 죽이려고 하는 존재가 팔신궁이라는 사실을 알게 되어 말이 많아졌을 수도 있으나 쾌도비는 그게 아닐 것이라고 생각했다.

쾌도비가 무극사령을 죽였다고 생각하기 때문일 것이다. 그녀는 무극사령이 죽음을 앞두고 비단 주머니를 무창의 서빈이라는 여인에게 전해달라는 말을 했을 때부터 마음이 짠

해진 것이 분명했다.

그래서 그의 죽음을 안타까워하지만 쾌도비의 결정이라서 어쩌지는 못하고 단지 안타까운 마음을 종알거리면서 스스로 털어내고 있는 것이다.

그렇지만 쾌도비는 무극사령과 헤어진 지 두 시진이 지났으나 한마디도 하지 않고 부지런히 북쪽을 향해서 달리기만 하고 있다.

그는 주소옥을 낙양 천절문에 데려다주고 나서 북경 팔신궁으로 가야겠다고 마음먹었다.

그렇지만 서둘지는 않는다. 세상에는 서둘러야 할 일과 서두르지 말아야 할 일이 있는데, 이 일은 서두르면 실수할 수 있는 일이다.

그는 주소옥이 고심하고 있는 것에 대해서는 일체 참견을 하지 않았다.

하고 싶지도 않고 아는 것도 없으며 그녀가 원하지도 않았기 때문이다.

우선 그는 그녀가 무엇 때문에 강호 최고의 문파라고 할 수 있는 천절문에 가려는 것인지 이유를 모른다.

그 역시 알고 싶지 않다. 세상일이란 이유를 알게 되면 복잡해지게 마련이고 그 일에 도움을 줘야만 한다.

이유를 알고서도 모른 체하기란 어렵다. 그래서 그는 자신이 필요로 하는 것 외에는 알려고 하지 않는다. 경험상 그게 속편하다.

오랜 세월 동안 그런 습관이 몸에 밴 탓에 주소옥에게도 적용되고 있는 것이다.

"쾌도비, 아까 말한 예지연이라는 여자가 누나야?"

주소옥이 화제를 바꾸어 이번에는 쾌도비에 대해서 물었다.

"그런데 어째서 쾌도비하고 성이 다른 거지?"

하여튼 그녀는 상대의 입장이나 심정 같은 것은 고려하지 않고 내키는 대로 말하고 행동하는 데는 천하에 따를 자가 없을 것이다.

쾌도비는 대답하지 않았다. 대답하고 싶지 않아서라기보다는 누나 얘기가 나오니까 본능적으로 방어적인 자세가 돼버린 것이다.

이제까지 그는 자신의 신세에 대해서 어느 누구에게도 말한 적이 없었다. 특히 누나에 대해서는 더욱 그렇다.

총명한 주소옥은 이제 쾌도비의 성격에 대해서 어느 정도 파악하고 있다.

그래서 그가 침묵하는 것은 시인 혹은 긍정하는 것이라고 나름대로 해석했다.

"그럼 십팔 년 전에 팔신궁 무극사신이었던 자가 누나를 죽인 거야? 그래서 복수하려는 거야?”

쾌도비는 앞쪽에 절벽이 나타나자 측면으로 돌아가려고 방향을 바꾸었다.

“누나하고 그 무극사신하고 사랑하는 사이였어? 그런데 그 자가 누나를 죽인 거야?”

쾌도비가 계속 침묵을 지키는 데도 그녀는 북 치고 장구 치고 혼자서 다 했다.

“쯧쯧쯧… 누나 안 됐다. 아직 젊었을 텐데…….”

문득 쾌도비는 누나가 불쌍하다는 생각이 들었다. 지금까지 수천 번도 더 생각했던 것인데 지금은 그때와는 다르게 더 각별하게 불쌍한 것 같았다.

쾌도비가 오십 리쯤 되는 지점에서 커다란 바위 가까운 곳에 두 그루 소나무가 나란히 서 있는 것을 발견하고 그중 한 그루 나무에 표식을 남기는 데도 주소옥은 깊은 잠에 빠져서 깨어날 줄을 몰랐다.

한동안 종알거리더니 지난밤에 잠을 설친 탓에 몹시 피곤했는지 어느 순간 그냥 잠들어 버렸다.

쾌도비는 한 그루 소나무의 어깨 높이에 반달 하나를 새겼다. 너무 티가 나게 새기면 다른 사람이 보고 이상하게 여길 수도 있으며, 반대로 너무 자연스럽게 새기면 구양웅이 보지 못하고 지나칠 수도 있기에 적당하게 새기느라 시간을 조금 허비했다.

　그곳을 떠나 방향을 북서쪽으로 잡아 다시 달리기 시작하면서 그는 구양웅을 만나면 주소옥을 그에게 맡길 것인지에 대해서 생각해 보았다.

　그렇게만 할 수 있다면 그는 홀가분하게 곧장 북경의 팔신궁으로 가서 자신이 알아내고 싶은 것에 대해서 조사를 할 수 있다.

　하지만 그는 주소옥을 낙양까지 책임지고 데려다주겠다고 약속을 했었다.

　그러므로 약속을 깰 생각은 없다. 다만 그녀에게 선택권을 줘서 그녀가 구양웅과 함께 가기를 원한다면 그렇게 해주겠다는 생각이다.

　쾌도비가 무극사령이 있던 곳에서 북쪽과 북서쪽으로 칠십여 리쯤 왔다고 생각했을 때 동이 트기 시작했다.

　소나무에 새긴 반달 표시대로 한다면 그곳에서 북서쪽으로 십 리쯤 더 가서 나타나는 첫 번째 계류에서 만나자고 했으나 계류가 없었고 거기에서 십여 리를 더 가서야 계류가 비로소 나타났다.

　주소옥은 업힌 채로 자다 깨다를 반복하다가 쾌도비가 계류에 멈추자 완전히 깨어났다.

"내려줘. 씻고 싶어."

"씻고 있으시오."

"어디 가게?"

쾌도비가 몸에 묶은 칡넝쿨을 풀려고 하자 주소옥은 두 팔과 두 다리로 그의 몸을 꽉 옭죄며 물었다.

"먹을 것을 구해오겠소."

"안 돼. 같이 가."

"이곳에는 추격대가 없으니까 안심하시오."

그가 안심시키려고 해도 주소옥은 요지부동이다.

"추격대가 있는지 없는지 확인해 봤어? 게다가 추격대만 위험해? 사나운 짐승이라도 공격하면 어떻게 해?"

그녀의 말이 맞기에 쾌도비는 할 말이 없다.

쾌도비는 토끼 두 마리를 잡아서 숲 가운데 바위틈에 불을 피워 토끼를 구웠다.

주소옥은 쾌도비가 떼어주는 잘 익은 고기 조각을 주는 대로 잘 받아서 먹었다.

하지만 자신이 직접 토끼 고기를 떼어 먹지는 않았다. 아직 야생에 절반만 적응이 되었기 때문이다.

"꺼억……."

주소옥은 배불리 먹고 나서 기름기가 흐르는 예쁜 입술을 내밀고 트림을 하며 흡족한 미소를 지었다.

쾌도비는 그녀의 그런 모습이 천진스러워서 자신도 모르게 빙그레 미소를 지었다가 그녀에게 들켰다.

"너 미소가 보기 좋으니까 앞으로는 자주 미소 지어라."

쾌도비는 자신이 미소를 지었다는 사실을 모르고 있다가 씁쓸한 표정을 지었다.

그는 주소옥과 함께 있는 동안 자신의 몇 가지 새로운 모습들을 발견했으며 방금처럼 미소를 짓는 것은 전혀 그답지 않은 행동이다.

그는 자신이 이따위 허접한 미소를 지을 수도 있다는 사실조차 모르고 있었다. 예전에는 그런 적이 결단코 없었기 때문이다.

그나저나 주소옥은 쾌도비의 미소가 보기 좋다고 앞으로는 자주 미소를 지으라고 한다.

그녀는 미소라는 것이 시도 때도 없이 아무 때나 지어지는 것인 줄 아는 모양이다. 더구나 쾌도비 같은 냉혈한에게 말이다.

"다 먹었어?"

쾌도비가 주소옥을 먹이고 나서 남은 토끼 고기를 먹고 있는 동안 배를 움켜잡고 그의 주위를 뱅뱅 돌던 그녀가 쩅 한 목소리로 물었다.

"나 급해."

쾌도비가 대답을 하기도 전에 그녀는 그의 손을 잡고 숲 속으로 이끌었다.

쾌도비는 그녀가 용변을 보고 또 월경포를 갈기를 기다렸다가 들쳐 업고는 모닥불을 완전히 꺼서 토끼 뼈와 찌꺼기들과 함께 흔적을 남기지 않고 땅속에 파묻은 후에 아까 그 계류로 향했다.

쾌도비는 계류가 잘 보이는 어느 언덕에 주소옥을 업은 채 앉아서 구양웅 일행을 기다리며 계류를 굽어보았다.

"내려줘."

"그냥 있으시오."

주소옥이 가볍게 몸을 흔들면서 말하는 것을 묵살하며 그는 말을 이었다.

"구양웅과 일행이 저곳에 도착하는지 지켜봐야 하고 또 무슨 일이 있을지 모르니까 그대로 있는 게 좋겠소."

"구양총이?"

주소옥의 몸이 움찔 굳어지는 것이 쾌도비에게 전해졌다. 그러나 매우 놀라운 일인데도 그녀는 곧 침착함을 되찾고 조용히 말했다.

"어찌 된 게냐?"

황족의 피는 뭐가 달라도 다른 것 같았다. 그녀의 침착함은 쾌도비를 능가한다.

"어젯밤에 자다가 들은 이상한 소리가 혹시 구양총의 고함 소리 아니었어?"

"그렇소."

"그래서 어떻게 되었느냐?"

어젯밤에 갑자기 들려온 고함 소리를 주소옥은 잠결에 어렴풋이 들었다.

구양웅은 공주님이라고 불렀으나 그녀는 제대로 듣지 못하고 사람 소리인지 산짐승 소리인지 헷갈렸었다.

그런데 쾌도비는 그 소리를 듣고 그녀에게 잠시만 혼자 있으라고 말하고는 그녀의 대답을 듣지도 않고 동굴을 나가 버렸었다.

그리고 한참이 지난 후에도 쾌도비가 돌아오지 않았을 때 그녀는 동굴 밖 낭떠러지 위쪽에서 여러 사람이 두런거리는 말소리를 들었다.

하지만 그것이 구양웅 일행일 것이라고는 꿈에도 생각하지 못하고 추격대가 근처까지 왔을 것이라고 짐작하여 숨도 제대로 쉬지 못했었다.

나중에 쾌도비가 돌아와서 다짜고짜 그녀를 들쳐 업고 나갔을 때 그녀는 자신의 짐작이 맞는다고 생각했다.

아직 계류 건너편에는 아무도 나타나지 않았다. 쾌도비는 구양웅 일행에 대해서 간략하게 설명을 해주었다. 그러나 구양웅이 미행을 당했다는 말은 하지 않았다. 이미 지난 일이니까 구태여 말할 필요가 없다고 생각했다.

"그랬구나."

그녀는 주먹을 쥐고 허공에 흔들었다.

"밥통 같은 놈. 미행을 당했구나."

쾌도비는 그런 말을 하지 않았는데도 그녀는 그가 한 말의 앞뒤를 맞춰보고는 구양웅이 미행을 당했을 것이라고 정확하게 유추해 냈다.

"더구나 네가 그 미행을 처리하고 구양총더러 그곳을 벗어나서 이곳까지 오라고 길 안내를 해주었구나."

그녀는 마치 자신의 눈으로 다 본 것처럼 꿰고 있어서 쾌도비는 아무 말도 하지 않았다. 침묵의 긍정인 셈이다.

"밥통 같은 놈들. 도움은 못 될 망정 피해를 주고 있어."

쾌도비가 대답을 하지 않는다고 해서 생각을 바꿀 그녀가 아니다.

더구나 그녀는 쾌도비가 가만히 있는 것을 보고 자신의 추측이 맞는다고 확신했다.

"구양웅이 오면 어떻게 하겠소?"

쾌도비는 다른 것을 물었다. 구양웅이 오면 그들과 함께 낙양에 갈 것인지 어쩔 것인지를 묻는 것이다.

"어떻게 하긴? 다 함께 낙양에 가야지."

주소옥은 당연한 듯이 말했다. 이로써 그녀를 구양웅 일행에게 맡기고 자신은 북경 팔신궁으로 가려했던 쾌도비의 작은 희망은 흔적도 없이 스러졌다.

그리곤 잠시 침묵이 흘렀으나 침묵은 길지 않았다. 궁금한 것은 참지 못하는 주소옥이 불쑥 물었다.

"그런데 너 오른팔은 어째서 그렇게 강한 거지?"

쾌도비는 대답하지 않았다. 평범한 내용이라고 해도 대답하기 싫은데, 누나가 무려 육백여 명의 무림인과 정사를 해서 그들의 공력을 조금씩 흡수하여 쾌도비 자신의 오른팔에 장장 십오 년에 걸쳐서 축적시켜 주었다는 비밀스러운 내용은 더더욱 말할 수가 없다.

그러나 주소옥은 그의 침묵에는 이력이 났는지 대답을 기다리지 않았다.

"내가 보니까 너는 오른팔로는 힘만 쓸 줄 알았지 초식을 전개하지 못하던데 왜 그런 거지?"

그녀는 예리한 정도가 아니라 소름끼칠 정도로 날카로운 안목을 지녔다.

쾌도비가 위험한 순간에 오른팔을 사용하여 무시무시한

위력을 발휘하는 것을 보았지만, 초식에 의해서가 아니라 순전히 공력만 발출한다는 사실을 간파해 낸 것이다.

"엊그제 비도쾌에서 읽은 무공 초식을 오른팔로 익혀보는 것은 어때?"

쾌도비는 가볍게 움찔했다. 그저께 그와 주소옥의 팔뚝을 그어서 비도쾌 칼등에 나 있는 세 개의 홈에 핏물을 흘려 넣었을 때 비도쾌에서 청룡과 혈룡의 영상이 뿜어져서 찬란하게 밤하늘에 나타났었다.

두 마리 용은 수많은 글귀가 연결된 것이었으며, 주소옥은 그 글귀가 무공 초식이라고 말했었다.

그때 쾌도비는 허공에 나타난 글귀들을 다 외우기는 했으나 그것이 무공 초식인지는 모르겠고 무슨 뜻인지는 더욱 이해하지 못했었다. 그는 그것들을 이해할 만큼 학식이 풍부하지 않았다.

"그것은 하나의 도법인데 세 개의 초식으로 되어 있어. 청룡에 관한 도법이 일 초식이고, 혈룡이 이 초식, 그리고 청룡과 혈룡이 함께 어우러져서 삼 초식을 이루는 거야."

그녀의 말을 듣고 쾌도비는 크게 격동하여 가슴이 꿈틀거리는 것을 느꼈다.

비도쾌처럼 훌륭한 도에 새겨진 도법이라면 필경 대단할 것이다. 그가 배운 일 초식의 도법인 쾌도식보다 강할 것이 분명하다.

그것을 터득하면 앞으로 팔신궁을 상대하는 데 매우 도움이 될 것이다.

아니, 그런 걸 떠나 한 명의 무인으로서 그것을 배우고 싶다는 간절한 열망에 휩싸였다.

하지만 가슴속에서만 열망이 불타오를 뿐 그의 표정은 그저 담담했다.

"가르쳐 주겠소?"

탁탁탁…….

"건방진 놈! 이게 가르쳐 달라는 사람의 태도야? 좀 더 공손하게 부탁해야지!"

주소옥은 주먹으로 그의 머리를 방아 찧듯이 마구 내려치면서 소리쳤다.

그녀는 쾌도비의 속마음을 충분히 짐작하고 있다. 그는 속으로는 비도쾌의 도법을 몹시 배우고 싶으면서도 겉으로만 시큰둥한 것이다. 그게 바로 그녀가 알고 있는 그의 아주 못된 성격이다.

주소옥이 고사리 같은 주먹으로 아무리 때려도 쾌도비는 간지럽지도 않았다.

"어떻게 해야 공손한 부탁이오?"

쾌도비로서는 좀처럼 하지 않는 행동, 즉 굽히고 들어갔다.

그만큼 비도쾌의 도법이 배우고 싶기 때문이다.

"네가 할 수 있는 한 최대로 공손히 부탁해 봐."

"공주, 비도쾌 도법을 가르쳐 주시오."

주소옥은 재미있다는 듯 소리를 내지 않고 웃으면서도 짐짓 엄하게 말했다.

"그렇게 밖에 못해?"

"그만두시오. 배우지 않겠소."

주소옥은 쾌도비가 자존심을 다쳤으며 인내심이 한계에 이르렀다고 생각했다.

"그러지 말고 한 번 더 부탁해 봐."

"나는 두 번 세 번 거듭해서 말하는 것을 싫어하오."

주소옥은 쾌도비의 성격을 많이 파악했다고 생각했는데 그것까지는 몰랐다.

슥…….

쾌도비가 일어서더니 몸에 묶은 칡넝쿨을 푸는 것을 보고 주소옥은 깜짝 놀랐다.

"뭐하려는 거야?"

쾌도비는 대답하지 않고 칡넝쿨에 이어서 상의까지 벗었다. 업고 있는 주소옥을 내려놓으려는 것이다.

그가 칡넝쿨을 풀고 상의까지 벗었는데도 주소옥은 그의 몸에서 떨어지지 않았다.

두 팔과 두 다리로 그의 상체 알몸을 꼭 끌어안은 채 달라붙어 있기 때문이다.

슥…….

쾌도비는 자신의 가슴을 잔뜩 힘주어 안고 있는 그녀의 두 손을 잡고 풀었다.

이런 상황까지 이르자 주소옥은 항복할 수밖에 없다. 그녀는 누가 칼자루를 쥐고 있는지 이번 기회에 분명하게 알게 되었다.

"알았어! 가르쳐 줄게! 가르쳐 주면 되잖아!"

쾌도비가 자신의 허리를 감고 있는 그녀의 두 다리를 풀려고 하자 그녀는 절규하듯이 외쳤다.

두 사람은 도법을 수련하기 적당한 장소로 옮겼다.

계류로부터 오 리쯤 떨어진 깊은 숲 속에 수백 개의 크고 작은 바위가 주위에 가득 흩어져 있는 곳이다.

"청룡이 가르쳐 주는 제일초식은 천지무쌍쾌야."

쾌도비의 등에서 내린 주소옥은 그와 마주보면서 설명을 시작했다.

그 글귀는 비도쾌의 칼등에 새겨져 있었다. 천지무쌍쾌, 고금제일도, 삼라만상비가 그것이다.

그렇다면 이 초식은 고금제일도이고 삼 초식은 삼라만상

비일 것이다.

"초식명 그대로 천지무쌍쾌는 매우 빠른 초식이야. 천지무쌍. 즉, 하늘과 땅 사이에서 가장 빠르다는 거야."

쾌도비는 조금 미심쩍은 표정을 지었다.

"가르칠 능력은 있는 것이오?"

주소옥은 아미를 상큼 치켜떴다.

"날 의심하는 거야?"

"그렇소."

쾌도비는 솔직하게 대답했다. 그는 상대의 기분을 맞추는 말도, 가식적인 말도 하지 못한다.

"나는 무공은 펼칠 줄 모르지만 무공에 대한 것은 이론적으로 모르는 것이 없어. 시험해 봐."

쾌도비는 그녀를 똑바로 주시하다가 물었다.

"내가 사용하는 도법에 대해서 아시오?"

"몰라. 하지만 내가 보는 앞에서 처음부터 끝까지 제대로 전개하면 알아낼 수도 있어."

사실 주소옥은 그동안 쾌도비가 여러 차례 싸울 때마다 창룡도로 전개하는 도법이 무엇인지 알아내려고 유심히 봤었으나 뜻을 이루지 못했다.

그의 도법은 동작이 크지 않을뿐더러 순간적으로 끝나 버렸고 또한 변칙적인 것이 많기 때문이었다.

그녀는 수만 권에 달하는 무공서를 탐독했었다. 책을 너무 많이 닥치는 대로 읽은 탓에 더 이상 읽을 것이 없어서 새로운 것을 찾다가 우연히 무공서를 읽기 시작했었는데, 그녀가 그동안 읽었던 어떤 서책들보다도 흥미로워서 거기에 푹 빠졌었다.

그녀는 남령부 내에서 왕궁무사들이 무술을 수련하는 광경을 보면서 무공을 알아맞히기도 했었는데 왕궁무사들의 무공은 대부분 거기서 거기 비슷한 것들이라서 곧 흥미를 잃고 말았었다.

쾌도비는 주소옥을 잠시 바라보다가 그녀에게서 몇 걸음 떨어져서 하나의 커다란 바위를 향해 우뚝 섰다. 쾌도식을 전개하려는 것이다.

그는 왼손을 들어 창룡도의 도파를 잡았다. 주소옥이 잘 알아볼 수 있도록 평소보다 절반 이하의 속도로 천천히 전개할 생각이다.

스응…….

창룡도가 뽑히는 것과 동시에 쾌도식 제일변이 전개되었다. 제일변은 발도식(拔刀式), 즉 도를 뽑으면서 전개하는 변화다.

츄와앗!

창룡도가 전방을 가리키며 도광이 번쩍 뿜어졌다. 도풍이

나 도기가 아니라 말 그대로 도에서 광채만 뿜어진 것이지 위력은 없다.

다만 그 빠른 변화에 상대가 찔리거나 베였을 때는 얘기가 달라진다.

스파아아—

창룡도가 연이서 제이변과 제삼변을 전개했다. 쾌도식 일초식을 전개하는데 걸리는 시간이 다섯 호흡 정도이기 때문에, 그 안에 들어 있는 열두 개의 변화를 평소 절반의 속도로 전개한다고 해도 열 호흡이면 충분하다.

그렇지만 쾌도식 열두 개의 변화 중에서 비슷한 것이 없다. 제각각 특색과 위력이 다르다.

주소옥은 눈도 깜빡이지 않고 지켜보다가 쾌도비의 동작이 끝나자 입술을 삐죽거렸다.

"왜 그렇게 천천히 전개하는 거지? 내가 못 알아볼까 봐 걱정하는 거야?"

척!

쾌도비는 창룡도를 어깨의 도실에 꽂으면서 그녀를 향해 돌아섰다.

아무 말도 하지 않지만 방금 전개한 도법이 무엇인지 말해 보라고 무언중에 요구하고 있다.

주소옥은 금세 대답하지 못하고 눈을 깜빡거리고 새카만

눈동자를 이리저리 굴리면서 골똘히 생각에 잠겼다. 방금 보았던 초식을 머릿속에 담겨 있는 수많은 초식과 비교해 보는 것이다.

쾌도비는 그녀가 쾌도식의 정체를 알아낼 수는 없을 것이라고 생각했다.

그는 지금껏 강호에서 수천 번이나 쾌도식을 전개했었지만 알아보는 사람이 아무도 없었다.

강호에서는 누가 무슨 수법을 전개하면 어떤 사람들이 그걸 알아보고 어느 파의 무슨 검법, 혹은 도법이라고 말하면서 그것을 계기로 친해지기도 하는데 쾌도비는 그런 경우가 한 번도 없었다.

"음… 알겠어."

그런데 뜻밖에도 주소옥이 생각을 끝내고 희고 긴 손가락 하나를 세워서 아랫입술에 댔다.

쾌도비는 설마 하는 생각이 들었다. 그가 열 살 때 반년 동안 배운 도법은 그것을 가르쳐 준 연 대형이 도법명을 가르쳐 주지 않아서 누나가 임시방편으로 쾌도식이라고 지어주었다가 굳어버린 이름이다.

그리고 그 참에 아예 그의 이름마저도 쾌도라고 바꿔주었다가 나중에 경공술 비조행을 배웠을 때 거기에서 비를 따서 쾌도비라는 이름을 완성해 주었다.

주소옥은 입술에서 손을 떼고 쾌도비를 말끄러미 바라보면서 종달새처럼 종알거렸다.

"북두인(北斗刃)이야."

"북두인?"

쾌도비로서는 처음 들어보는 이름인데다 생소하고 어색하기까지 했다.

주소옥은 쾌도비가 별로 탐탁하게 여기지 않는 것을 보고 발끈했다.

"내 말 못 믿는 거냐?"

그녀는 원래 지나칠 정도로 침착한 성격인데 쾌도비하고 감정적으로 엮일 때만 본심을 잘 드러내곤 한다. 특히 발끈하는 것이 심했다.

쾌도식이 북두인이라는 이름하고 잘 연결이 되지 않는 쾌도비는 무뚝뚝하게 말했다.

"북두인에 대해서 말해보시오."

"백두파(白頭派)의 도법이야."

"백두파?"

북두인에 이어서 백두파도 처음 들어보는 문파명이라서 주소옥의 말이 점점 더 믿기 어려워졌다.

"백두파는 중원을 벗어나 동북쪽 끝 백두산(白頭山)에 있는 문파야."

중원도 아닌 한 번도 가본 적이 없는 머나먼 변방의 문파라니, 쾌도비는 북두인이 더욱 멀게만 여겨졌다.

"중원에서는 백두산을 장백산(長白山)이라 하고 강호에서는 백두파를 장백파(長白派)라고 불러."

"장백파는 들어본 적이 있소."

강호에서는 장백파가 변방의 문파로 치부되고 있다. 하지만 그 위명은 강호의 구파일방에 뒤지지 않는다고 들었다. 다만 장백파가 워낙 강호에 출현을 하지 않기 때문에 신비한 문파이며, 장백파에 대한 것은 어느 것 하나 알려진 것이 없다고 했다.

"틀림없어. 너의 쾌도식은 장백파의 북두인이야. 북두인은 예사롭지 않고 특징이 많아서 다른 도법하고 혼동하려야 할 수가 없어."

쾌도비는 그녀의 말을 믿기로 했다. 지금까지 그녀는 백무일실(百無一失), 잘못되거나 모르는 것을 말한 적이 없었다. 모르면 아예 말을 하지 않았다.

"북두인에 대해서 말해주시오."

"장백파, 아니, 백두파에는 삼절(三絶)이 있는데 장절(掌絶), 도절(刀絶), 풍절(風絶)이야."

"풍절이 뭐요?"

장절은 장법, 도절은 도법인 것을 알겠는데 처음 들어보는 풍절은 생소했다.

"신법, 즉 경공술이야. 한줄기 바람처럼 빠르다고 해서 그렇게 부른다는군."

그녀는 설명을 하기 위해서 기억을 짜내지도 않았다. 한 번 북두인과 장백파에 대한 기억을 떠올리고는 누에가 실을 토해내듯이 막힘없이 술술 설명했다.

"장백파는 자파의 무공을 절대로 외부인에게 전수하지 않는데 만약 그런 경우에는 그 사람을 장백파의 제자로 인정했다는 뜻이야."

쾌도비는 조금 어이없다는 표정을 지었다. 그녀 말대로라면 연 대형이 그를 제자로 받아들였다는 뜻이 아닌가. 하지만 그가 열 살 때 만났다가 반년 만에 헤어진 연 대형은 그런 말은커녕 그와 비슷한 말조차 한 적이 없었다.

"그게 사실이오?"

"사실인지 아닌지는 나도 몰라. 내가 읽은 서책에 나온 대로 말해줄 뿐이야."

만약 그게 사실이라면 쾌도비는 팔 년 전에 이미 자신의 의지하고는 상관없이 장백파의 제자가 된 것이다.

"장백파는……."

"백두파와 장백파, 어느 게 맞는 거요?"

"백두파지. 장백파는 강호에서 부르는 이름이고."

"그렇다면 백두파라고 하시오."

주소옥은 흥미롭다는 듯 눈을 빛냈다.

"뭐야? 너 마치 백두파 제자처럼 말하잖아?"

쾌도비는 문득 팔 년 전에 쾌도식, 아니, 북두인을 가르쳐 준 연 대형의 모습이 떠올랐다.

그 당시 연 대형은 삼십대 중반의 나이였으며 키가 매우 크고 기골이 장대하며 부리부리한 눈에 우뚝한 콧날, 두툼한 입술, 약간 꺼진 양 뺨과 각진 턱에 긴 팔과 커다란 손을 지니고 있었다.

흔하게 보던 중원의 한인하고는 조금 다른 모습이었다. 뭐랄까, 더 우람하고 이목구비가 뚜렷한 이국적인 용모라고 할 수 있다.

또한 그는 반년 동안 머물면서 누나와 쾌도비에게 무척 자상하게 대해주었다.

그래서 쾌도비는 어린 마음에 연 대형이 진짜 자신의 매형이었으면 좋겠다는 생각도 했었다.

하지만 쾌도비는 그의 성이 연(淵)씨라는 것 외에는 아는 것이 하나도 없다.

"백두파의 도절이 무엇이오?"

"북두인이야."

짐작은 했으나 백두파의 삼절 중에 도절이 북두인이라고

확인을 하자 쾌도비는 조금 가슴이 설레었다.

연 대형이 백두파의 최고 무공 중에 하나인 도절 북두인을 가르쳐 주었다면 쾌도비를 백두파의 제자로 받아들인 것이 분명하기 때문이다.

백두파는 자파의 무공을 외부인에게 전수하지 않는다는데, 연 대형은 삼절의 하나인 도절을 쾌도비에게 가르쳤으니 제자로 인정한 것이 분명했다.

강호의 대부분의 사람은 소속이라는 것이 있다. 어느 파에서 무공을 배웠으며 하다못해 무도관 출신들도 끼리끼리 모여서 파벌을 이루고 행동을 하며 만나기만 하면 자파 자랑에 귀가 따갑다.

그런 것을 볼 때마다 쾌도비는 관심이 없는 체했었다. 그러나 그도 사람이고 젊은 피가 펄펄 끓는 어린 나이라서 그런 것에 기가 죽기 싫어서 관심 없는 체했던 것이다.

물론 그가 어느 문파의 출신이라면 그것을 내놓고 자랑하지는 않겠지만 마음속으로 든든하고 뿌듯한 무언가를 느꼈을 것이다.

그런데 알고 봤더니 그는 열 살 어린 나이에 이미 백두파의 제자가 되어 있었던 것이다.

연 대형은 어째서 그를 백두파의 제자로 받아들인 것인지, 그리고는 왜 아무 말도 하지 않고 그냥 가버렸는지 몹시 궁금했다.

쾌도비는 이상하게 마음이 든든해지고 마치 잃었던 혈육이나 가문을 되찾은 것 같은 묘한 기분이 들었다. 하지만 겉으로는 전혀 내색하지 않았다.

주소옥이 쾌도비에게 비도쾌의 도법 일 초식 천지무쌍쾌를 가르치는 일은 처음부터 벽에 부닥쳤다.

천지무쌍쾌는 천지간에서 가장 빠른 도의 힘, 즉 도강(刀罡)을 발출하는 초상승무공이다.

기(氣)와 강(罡)은 분명하게 다르다. 기는 체내의 공력을 그대로 발출하는 것이고, 강은 체내의 공력을 특수한 방법으로 한 단계 단련시켜서 뿜어내는 것이다.

그러므로 기는 강에 비해서 위력적이지 못하다. 단지 도검이 미치지 못하는 원거리에 기를 발출하여 적을 살상하는 것이 목적이며, 그것만으로도 강호에서 적수를 찾아보기 어렵다.

강은 기와 비슷하지만 세 가지가 다르다. 첫째는 위력이고, 둘째는 빠르기이며, 셋째는 마음먹은 대로 다룰 수 있다는 점이다.

기의 위력은 상대의 살과 뼈를 뚫을 수 있을 정도다. 그렇기 때문에 도검이나 무기로 막아내면 퉁겨지므로 도검을 부러뜨리지 못하는 단점이 있다.

하지만 강은 가장 약한 것이라고 해도 도검 정도의 무기는 간단하게 부러뜨린다.

한층 강력한 강은 무쇠와 바위를 뚫거나 먼지처럼 박살 낼 수도 있다.

빠르기는 기보다 강이 최소 두 배 최대 다섯 배 이상이다. 기는 쏘아낸 화살의 열 배 이상의 빠르기지만, 강은 빛(光)이다. 천지간에 가장 빠른 것이 빛이다.

기는 직선으로만 발출할 수 있으며 형태를 변형하거나 조작할 수 없다.

그러나 강은 숙련도에 따라서 곡선이나 마음먹은 대로 보내고 거둘 수 있다.

뿐만 아니라 상승의 경지에 도달하면 눈에 보이지 않는 무형의 어떤 형상을 만들어낼 수도 있다.

예컨대 무형의 도검이나 창 따위로 만들어서 적을 찌르고 벨 수 있는 것이다.

그렇게 큰 차이가 있기 때문에 강호의 최고, 최대문파라고 하는 구파일방에서도 자파의 최고절학은 언제나 강으로 삼는 것이다.

무슨 신공이니 신강이라고 하는 것들은 죄다 강을 바탕으로 하고 있다.

비도쾌의 제일초식 천지무쌍쾌는 공력을 체내의 여러 경혈(經穴)과 혈맥으로 통과시키는 과정에 강으로 변화시켜서 발출하는 것이다.

그런데 지금 당면한 문제는 쾌도비가 혈도에 대해서 문외한이라는 사실이다.

그는 단순히 혼혈이나 마혈, 아혈 따위를 짚을 수는 있으나 혈도에 대해서 제대로 배운 적이 없었다.

주소옥은 어이없는 표정으로 핀잔을 주었다.

"어떻게 무공을 하는 자가 혈도를 모를 수가 있지?"

"공주는 혈도를 아시오?"

"내가 모르는 게 어디 있어?"

주소옥은 눈을 치뜨고 앙증맞은 주먹을 들어 올리며 한 대 때릴 기세다.

"그럼 가르쳐 주시오."

쾌도비가 똑바로 선 자세로 약간 고개까지 숙이며 정중하게 부탁하자 주소옥은 깜짝 놀라는 표정을 지었다.

그녀는 쾌도비처럼 자존심이 굴강한 사람은 지금껏 본 적이 없었다.

그런 그가 스스로를 굽히면서 배움을 청하고 있다. 그 정도로 천지무쌍쾌가 배우고 싶은 것이다.

그의 진지함에 주소옥은 머리를 한 대 때려주려고 했던 생각이 싹 사라졌다.

"쉽지 않아."

"각오하고 있소."

그래서 두 사람은 천지무쌍쾌를 배우기 전에 혈도에 대해서 공부하기로 했다.

"너……."

"뭐가 잘못됐소?"

주소옥이 눈을 동그랗게 뜨고 손가락으로 찌를 듯이 자신을 가리키자 쾌도비가 물었다.

"아냐."

주소옥은 고개를 살래살래 가로저었다.

방금 전에 그녀는 나뭇가지를 쥐고 바닥에 사람 형상 두 개를 나란히 그려놓고는 한쪽에는 몸 앞면의 머리에서부터 발끝까지 하나씩 짚고 또 그것들을 이어가면서 혈도와 혈맥, 경락에 대해서, 그리고 또 하나의 그림에는 몸 뒷면에 대해서 한 시진에 걸쳐 죽 설명을 마쳤다.

그것들은 십이경락(十二經絡)과 기경팔맥(奇經八脈), 십오경락(十五經絡), 십이경별(十二經別), 십이경근(十二經筋), 삼백육십오락(三百六十五洛)에 대한 내용이었다.

주소옥은 그것들을 한 시진에 걸쳐서 죽 설명한 다음에 하나씩 따로 차근차근 설명해 주려고 했었다.

그런데 쾌도비가 단 한 번 설명해 준 것들을 다 외웠다고 말해서 그녀가 어이없는 표정을 지은 것이다.

"아니… 잘못된 것은 없는데……."

그녀는 그럴 리가 없는데도 쾌도비가 자신을 놀린다는 생각이 들어서 나뭇가지로 바닥의 그림에서 오른쪽 어깨 부위를 짚으며 냉랭하게 물었다.

"여긴 뭐야?"

돌이 많이 섞인 땅바닥에 대충 그린 사람 모습에다가 한 부위를 여러 차례 가리키면서 중첩되는 혈도들을 설명했던 터라서 그림은 다 지워지고 어지러웠다.

주소옥은 그가 금세 대답을 하지 못하자 나뭇가지를 들어 한 대 때리려는 시늉을 했다.

"그것 봐. 제대로 알지도……."

"수태음폐경(手太陰肺經)을 가리킨 것이오? 아니면 수소양삼초경(手少陽三焦經)을 말하는 거요? 그것도 아니면 운문혈(雲門穴)이나 중부혈(中府穴)을 가리킨 거요?"

"……"

쾌도비의 반문에 주소옥은 눈을 동그랗게 뜨고 놀란 표정으로 그를 바라보다가 자신이 나뭇가지로 짚은 부위를 다시 내려다보았다.

그녀가 짚은 부위는 오른쪽 어깨로 그곳에는 혈도로써 운문혈과 중부혈이 가깝게 붙어 있으며, 또한 수태음폐경과 수소양삼초경이 시작되고 또 끝나는 부위이기도 하다.

그러므로 쾌도비는 질문이 도대체 무엇인지 그녀에게 힐문을 한 것이다.

"수… 수태음폐경이야. 말해봐."

주소옥은 조금 당황해서 네 개 중에 아무거나 말했다.

"수태음폐경은 오른쪽 어깨에서 오른손 엄지손가락 끝까지 이르는 열한 개의 혈도로서, 중부, 운문, 천부(天府), 협백(俠白), 척택(尺澤), 공최(孔最), 열결(列缺), 경거(經渠), 태연(太淵), 어제(魚際), 소상(少商)의 혈도로 이루어져 있다고 했소."

"……"

주소옥은 방금 전에 이어서 또다시 말을 잃어버렸다가 한참 후에야 당황한 듯한 얼굴로 입을 열었다.

"그럼 이번에는 수소양삼초경을 말해봐."

"수소양삼초경은……."

이번 질문 역시 쾌도비가 막힘없이 술술 대답하자 주소옥은 넋 나간 얼굴로 그를 바라보았다.

'나도 귀재라는 소리를 귀가 따갑게 듣고 자랐지만 이 정도까진 아니었어. 내 눈으로 직접 보면서도 믿을 수가 없어.

정말 쾌도비 이놈은…….'

"뭐가 잘못됐소?"

"잘못되길 원해?"

주소옥은 괜히 소리를 빽 질렀다.

지금 주소옥이 쾌도비에게 가르치려는 것은 혈도가 목적이 아니라 천지무쌍쾌이므로 혈도는 그 정도면 넘치도록 충분하다고 판단하여 곧장 천지무쌍쾌로 넘어갔다.

"너 공력이 어느 정도야?"

주소옥이 묻는 데도 쾌도비는 즉답을 하지 않았다. 단전에 축적된 공력을 말할지 오른팔의 공력을 말할지 판단이 서지 않았다.

"너 단전의 공력과 오른팔의 공력이 다르지?"

그가 대답하지 않고 미적거리는 것을 보고 주소옥이 정곡을 찔렀다.

"그렇소."

천지무쌍쾌를 배우는 일이 아니었으면 이따위 질문에 대답할 그가 아니다.

그 마음을 아는지 주소옥이 배시시 미소 지었다.

"천지무쌍쾌를 어지간히 배우고 싶은 모양이로구나."

정곡을 찔린 쾌도비의 얼굴이 약간 붉어지자 그녀는 그걸 갖고 또 놀려댔다.

"너… 지금 부끄러워하는 거야? 오… 정말 세상은 오래 살고 봐야 해. 너 같은 자가 부끄러워할 때가 다 있다니."

사실 지난 세월의 쾌도비는 강호에서 철면피나 냉혈한으로 통했었다.

피도 눈물도 없으며 강심장에다가 뻔뻔스럽기로는 따라올 자가 없기 때문이다.

그런데 어찌 된 일인지 그런 쾌도비를 주소옥은 쥐락펴락 마음대로 농락하고 있다.

그녀는 총명이 과민할 뿐만 아니라 안목이 날카로워서 사람을 보는 눈이 탁월하다. 그 점에서는 어쩌면 쾌도비를 능가할는지도 모른다.

짝짝짝…….

"아하하하! 너 미소 짓는 거는 눈이 부실 정도로 멋있고, 부끄러워하는 것은 새색시처럼 귀엽구나!"

주소옥은 한 번 잡은 약점을 쉽사리 놔주려고 하지 않고 손뼉을 쳐대며 웃어댔다.

쾌도비는 콧구멍이 좀 커졌다. 씨근거리고 있는 것이다. 그걸 보고 주소옥은 바닥에 주저앉아서 발을 동동 구르면서 눈물을 흘리며 웃었다.

"깔깔깔깔깔! 아이고! 나 죽네! 콧구멍 커지는 거 보니까 정말 귀여워! 아하하하하!"

쾌도비는 자기하고 비슷한 또래의 소녀하고 이런 식으로 말씨름을 해본 적도 서로 감정을 드러내 놓고 얼굴을 붉힌 적도 없었다.

그래서 지금 이 순간의 그는 강호에서 이류급의 명성을 날리고 있는 탈명도가 아니라 그저 열여덟 살 소년으로 돌아와 있었다.

그는 비겁하지만 주소옥의 이 오두방정 웃음을 멈추게 해야겠다고 생각했다.

"계속 놀리면 공주 똥 누러 갈 때 같이 안 가겠소."

뚝.

그러자 신기하게도 주소옥의 웃음과 동작이 그 즉시 멈추었다. 그리고는 아차! 하는 표정으로 그를 올려다보았다.

쾌도비는 고삐를 더 죄었다.

"앞으로는 오줌도 혼자 누러 가시오."

"쾌도비… 진심이야?"

"내가 식언하는 것 봤소?"

"오줌은 쾌도비가 있는 곳에서 그냥 보면 되지만 대변은 혼자서 못 본단 말이야."

"내가 상관할 바 아니오."

"알았어."

주소옥은 체념한 듯 차분한 표정으로 일어섰다.

"앞으로는 대변도 네가 있는 곳 옆에서 그냥 보도록 할게."

쾌도비는 말로는 그녀를 이길 재간이 없다.

第二十四章

선침이후루(先鍼而後縷)

─바늘이 우선이고 실이 뒤따른다

쾌도비는 천지무쌍쾌를 한 번도 전개해 보지 못한 채 서둘러서 주소옥을 들쳐 업고 계류로 돌아왔다.

이미 날이 어두워진 지 오래됐다. 그동안 쾌도비는 주소옥이 가르쳐 주는 대로 오른팔의 공력을 각 혈도와 경락으로 두루 주천시켜서 강기로 변환시키는 수련을 거듭했다.

동이 틀 무렵에 이곳에 도착했으니까 거의 하루 종일 수련한 셈이다.

쾌도비로서는 며칠이 걸리더라도 쉬지 않고 천지무쌍쾌를 익히고 싶었으며, 주소옥 역시 한시바삐 그를 가르쳐서 강하게 만들어주고 싶었다.

그러나 구양웅 일행이 계류에 와서 기다리고 있을 텐데 마냥 무공 수련만 하고 있을 수는 없다.

주소옥은 그들을 기다리게 놔두고 천지무쌍쾌를 계속 가르치겠다고 했고, 쾌도비도 그런 마음이 없지 않았으나 제 욕심만 차리는 것 같아서 주소옥을 설득하여 계류로 돌아온 것이다.

"있어?"

계류 이쪽 언덕을 따라서 걸으며 쾌도비가 계류 건너편을 살피는 것을 보고 주소옥이 목소리를 낮춰서 물었다.

"도착했소."

계류 건너편에 사람의 모습은 보이지 않지만 쾌도비는 커다란 바위 뒤쪽에 숨죽이고 있는 사람들의 모습을 발견했고 그들이 두런거리는 말소리를 들었다.

그때 그들의 말소리가 뚝 끊어졌다. 방금 주소옥과 쾌도비가 한 말을 들었기 때문이다.

뒤이어서 그들은 주소옥의 목소리를 알아듣고 숨어 있던 바위 뒤에서 우르르 몰려나와 이쪽을 쳐다보았다.

쾌도비는 단숨에 언덕을 달려 내려가서 폭 오 장여의 계류를 한 번에 뛰어넘어 계류 가에 죽 늘어서 있는 열세 명 앞으로 다가갔다.

쾌도비가 짐작했던 대로 그들은 구양웅과 그 일행이었으며, 그들은 쾌도비에게 업혀 있는 주소옥을 보자마자 크게 기뻐하면서 그 자리에 부복하여 머리를 조아렸다.

"공주님을 뵈옵니다."

"내려줘."

주소옥은 쨍하고 냉랭한 목소리로 쾌도비에게 명령했다. 구양웅 일행이 못마땅하기 때문이다.

[이들을 꾸짖는다면 똥 누러 갈 때 혼자…….]

탁!

"알았다! 어서 내려주기나 해라."

쾌도비가 협박 아닌 협박을 전음으로 하려고 들자 주소옥이 주먹으로 그의 머리를 때렸다.

쾌도비는 몸을 묶은 칡넝쿨을 풀고 상의를 벗어서 그녀를 내려주었다. 구양웅 등은 모두 엎드려 있기 때문에 그 광경은 보지 못했다.

"일어나라."

주소옥은 자갈밭 위에 내리고는 팔짱을 끼며 명령했다.

구양웅과 일행은 조심스럽게 일어나 두 손을 앞에 모으고 시립하는 자세를 했다.

"부모님께선 무고하시냐?"

"공주님을 몹시 염려하고 계십니다."

자신이 수없이 험한 꼴을 당하고 초라한 몰골이 됐으면서
도 부모님의 안부부터 묻는 그녀는 매우 의젓한 자봉공주의
모습으로 돌아가 있었다.

"너희뿐이냐?"

차분한 물음에 구양웅은 황망한 표정을 지었다.

"지금은 속하들뿐입니다만… 산을 내려가면 사흘 안에 왕
궁무사와 남령군을 불러 모을 수 있습니다."

주소옥은 쾌도비를 쳐다보았다.

"사람들이 사는 곳으로 내려가지 않을 거지?"

쾌도비와 주소옥은 앞으로의 거취에 대해서 의견을 나눈
적이 없지만 이심전심 두 사람은 마음이 통했다.

쾌도비가 고개를 끄떡이는 것을 보고 주소옥은 구양웅에
게 말했다.

"들었지? 우린 앞으로 계속 산행을 할 것이다."

구양웅은 왜 그런지 이유를 짐작할 수 있을 것 같았다. 성
이나 현, 마을에 내려가서 관도나 뱃길 등을 이용하는 것보다
산이 훨씬 안전하다는 사실을 그는 어제와 오늘 사이에 충분
히 깨달았다.

더구나 그가 보기에 쾌도비는 산을 잘 알고 있으며 경험도
풍부한 것 같았다.

그렇지만 가까이에서 자세히 살펴보니까 생각했던 것보다

쾌도비가 훨씬 젊다는, 아니, 어리다는 사실에 구양웅뿐만 아니라 모두들 적잖이 놀랐다.

아무리 그래도 구양웅을 비롯한 모두는 이미 쾌도비에게 압도당한 상태다.

쾌도비가 아니었으면 구양웅 등은 죽어서도 씻지 못할 천추의 한을 남길 뻔하지 않았는가.

구양웅은 계속 산행을 한다는 말에 공손히 말했다.

"속하들이 공주님을 모시겠습니다."

주소옥은 가볍게 고개를 끄떡이고는 옆에 서 있는 쾌도비를 보았다.

"어떻게 할 거야?"

쾌도비는 빠르게 주변을 한차례 둘러보았다. 주소옥이 이곳에서 밤을 보낼 것이냐 아니면 계속 갈 것이냐를 물었기 때문이다.

"계속 갑시다. 이곳은 밤을 보내기에 적당하지 않소."

구양웅은 주소옥에게 한 걸음 다가갔다. 조금 전에 그녀가 쾌도비에게 업혀 있는 것을 봤기 때문에 이제부터는 자신이 그녀를 업으려는 것이다.

그러나 주소옥은 구양웅을 본 체도 하지 않고 쾌도비 뒤쪽으로 다가갔다.

쾌도비는 구양웅을 쳐다보았다. 이제 수하들이 왔으니까

주소옥이 구양웅에게 업힐 것이라고 생각했는데 주소옥이 자신의 뒤로 다가왔기 때문이다.

구양웅은 보일 듯 말 듯 고개를 끄떡이며 쾌도비가 업으라고 부탁의 표정을 지었다.

"뭘 하는 것이냐?"

주소옥이 다시 쨍하게 소리치자 쾌도비는 마지못해서 상의를 벗었다.

구양웅 등은 그가 상의를 벗는 것을 이상하게 생각하면서 쳐다보았다.

얇은 상의를 벗은 쾌도비의 상체는 같은 남자인 구양웅 등이 보기에도 눈이 부실 정도로 멋있었다.

정말 군더더기라고는 한 점도 없으며 마른 듯하면서도 강철 같은 단단한 근육질로만 이루진 조각 같은 몸이다.

그런데 그의 상체에는 흉터가 많았다. 얼핏 보기에도 크고 작은 흉터가 열 개 이상은 되는 것 같았다.

그것만 보더라도 그가 얼마나 험한 삶을 살았는지 짐작할 수 있을 듯했다.

펄럭…….

구양웅 등이 쾌도비의 상체에 잠시 정신이 팔려 있을 때 주소옥은 벗어준 상의를 뒤집어쓰고는 웅크려 앉은 그의 맨살 등에 납작하게 엎드렸다.

구양웅 등은 숨죽인 채 그 광경을 지켜보았다. 아까는 부복해 있느라 쾌도비가 상의를 벗어서 주소옥을 내려주는 광경을 못 봤었기 때문에 이런 광경이 매우 이상했다.

주소옥은 구양웅 등은 조금도 신경 쓰지 않고 늘 그랬듯이 두 팔로 쾌도비의 가슴을 꼭 안고 두 발로는 허리를 꽉 조인 자세를 취하자 쾌도비가 일어나서 상의 앞섶을 여미고 나서 칡넝쿨로 그녀의 둔부를 받치는 등 두 사람을 꽁꽁 묶었다.

구양웅 등은 너무도 자연스러운 두 사람의 행동과 주소옥이 그렇게 업혀서 몹시 편안한 모습인 것을 보면서 여러 가지 많은 사실을 한꺼번에 깨달았다.

그중에서 가장 크게 그들의 가슴을 두드리는 것이 있다. 두 사람이 얼마나 많은 위험을 넘으면서 생사고락을 함께했는지를 어렵지 않게 짐작할 수 있다는 것이다.

말을 하지 않아도 자연스럽게 궁합이 척척 맞기까지 두 사람이 겪었을 난관들이 절로 상상이 되는 것 같았다.

그렇지만 평민인 쾌도비가 고귀한 자봉공주를 업고 있는 모습은 자연스러운 조합은 아니어서 구양웅 등은 그다지 유쾌한 기분은 아니었다.

쾌도비 일행은 북서쪽으로 삼십여 리 더 가다가 앞을 가로막는 급류 앞에서 멈추었다.

좌아아…….

강 양안이 온통 바위투성이로 이루어졌으며 거센 물살이 마치 맹수가 흰 송곳니를 드러내고 포효하는 것처럼 허연 포말을 일으키며 거칠게 흐르고 있었다.

"오강(烏江)인 것 같습니다."

구양웅은 급류 주변을 둘러보고 나서 말했다.

"강 양쪽과 물속의 바위들이 온통 까마귀처럼 흑색이어서 강물이 검게 보인다고 하여 그런 이름이 붙었습니다."

그의 말대로 급류는 시커먼 색이어서 마치 먹물이 흐르고 있는 것 같았다.

뿐만 아니라 강가에 있는 바위들과 하다 못해서 자갈마저도 대부분 검은색이었다.

"이곳이 어디쯤이냐?"

주소옥이 다 알고 있으면서도 시험해 보는 듯한 표정으로 묻자 구양웅은 급류의 위아래를 둘러보고 나서 대답했다.

"속하가 보기에 이곳은 오강의 중류인 것 같습니다. 오강의 상류는 수십 개의 작은 지류가 흘러드는데 이곳에는 지류가 없으며 또한 수량이 풍부합니다."

그는 급류의 아래쪽을 가리켰다.

"아마 하류 쪽으로 이십여 리쯤 가면 제법 큰 마을이 있을 것입니다만 무슨 마을인지는…….."

"연하현(沿河縣)이야."

"아! 그렇습니다."

구양웅이 일껏 설명한 것들은 사실 주소옥이 다 알고 있는 것들이다. 그래서 그녀가 처음부터 좀 더 관찰력 있게 급류 주변을 살펴봤더라면 구태여 그에게 물어볼 필요도 없었을 것이다.

그녀의 작은 머릿속에 들어 있는 방대한 지식의 창고에는 지리적 내용도 포함되어 있다. 그래서 그가 오강이라고 말하자 그 순간 지식의 창고가 활짝 열렸다.

사실 구양웅이 알고 있는 것은 여기까지다. 오강이 까마귀처럼 흑색이라는 말만 어디에서 들었던 것이다.

그는 어린 나이에 형산파에 입문하여 줄곧 무공만 수련하다가 장문인의 수제자가 되어 남령부로 갔었기 때문에 무공은 뛰어나지만 강호의 경험은 전무한 형편이다.

"어떻게 할 거지?"

주소옥이 자신을 업고 있는 쾌도비를 보면서 물었다. 그녀는 그의 어깨 위로 얼굴이 나와 있는 상태라서 그를 돌아보자 입술이 그의 귀에 닿았지만 그녀는 개의치 않았다.

또한 그녀는 구양웅은 놔두고 쾌도비에게 물었다. 그에게 전적으로 의지한다는 뜻이다.

"내 생각을 묻는 것이오?"

"가장 안전하게 악양성에 가는 방법을 묻는 거야."

"여기에서부터 북진(北進)하는 게 좋겠소."

"우리가 있는 곳에서 악양성은 동쪽, 아니, 정확하게는 동동북(東東北)이지?"

"그렇소. 만약 쉬운 길로 가려고 한다면 연하현에서 동쪽으로 이십여 리에 위치한 수산현(秀山縣)까지 갔다가 그곳에서 배를 타고 유수(酉水)를 따라 내려가면 원강(沅江)과 합류하게 되오."

쾌도비는 운남성과 귀주성에 대해서는 잘 모르지만 이쪽 지리에 대해서는 훤하게 알고 있다.

주소옥은 머릿속의 지식만 갖고 있지만 그는 지식과 경험을 함께 지니고 있다.

연하현은 귀주성 최북단에 위치해 있으며, 그곳에서 이십여 리만 가면 호남성 경내인 수산현이고, 그곳에서 배를 타면 악양까지 편하게 갈 수 있다는 얘기다.

원강의 하류는 동정호로 흘러들고, 악양성은 동정호 동북단에 있기 때문이다.

구양성과 황포영, 능성도는 형산파 제자들이라서 쾌도비의 자세한 설명을 듣고는 얼굴에 화색이 돌았다.

그의 말대로라면 형산파가 있는 형산이 이곳에서 동동남(東東南)쪽 사백여 리쯤에 위치해 있다.

멀다면 먼 거리이지만 곤명을 출발하여 이곳까지 온 거리
에 비한다면 아무것도 아닌 거리이기도 하다. 그러므로 일단
형산파로 가서 도움을 청하기만 하면 모든 일이 단번에 해결
될 것이라고 생각했다.

"공주님."

구양웅이 조심스럽게 말문을 열었다.

"형산파로 가자는 것이냐?"

주소옥은 구양웅의 심중을 정확하게 짚었다. 쾌도비의 말
을 듣고 구양웅이 생각할 수 있는 것을 그녀가 생각하지 못할
리가 없다.

"그렇습니다. 사부님께 사실을 말씀드리면 전적으로 도와
주실 것입니다."

황포영도 의기양양한 모습으로 거들었다.

"추격대가 제아무리 많아도 본 파가 나서면 꼬리를 감추고
사라질 것입니다."

"밥통들."

주소옥은 꾸짖음으로 두 사람의 흥분을 묵살해 버렸다.

"형산파를 멸문시키고 싶은 게냐?"

난데없는 형산파 멸문이라는 말에 형산파 삼형제는 어리
둥절한 표정을 지었다.

"구양총, 네 생각에는 지금 나를 죽이려고 하는 자들이 누

구일 것 같으냐?"

"모릅니다만……."

"팔신궁이다."

팔신궁이라는 말에 구양웅뿐만 아니라 열세 명 모두 그 자리에 얼어붙었고 얼굴에는 염마왕(閻魔王)을 본 듯한 표정이 떠올랐다.

쾌도비 일행은 처음 오강에 도착했던 곳에서 상류 쪽으로 십여 리쯤 더 거슬러 올랐다.

악양성까지 편하게 갈 수 있는 방법, 즉 하류로 내려가서 연하현을 거쳐 수산현까지 갔다가 배를 타는 방향하고는 반대로 가고 있다.

이윽고 산세가 더 험해지고 숲이 울창해졌으며 강폭이 훨씬 더 좁아진 곳에 이르러 적당한 장소에 멈추었다.

이곳까지 오는 동안 세 명의 형산파 제자와 열 명의 왕궁고수는 아무도 입을 열지 않았다. 물론 쾌도비가 내리는 어떠한 의견에도 반대하지 않았다.

아니, 할 수가 없었다. 상대가 팔신궁이라는 사실을 알았기 때문에 사고가 마비되어 버린 것이다.

그들은 자신들이 무림최강의 방파를 상대하고 있다는 엄청난 중압감에서 아직 자유롭지 못했다.

“불을 피워야 하니까 나뭇가지를 가져와라.”

아직도 쾌도비에게 업혀 있는 주소옥이 명령하자 왕궁무사 세 명이 재빨리 일어나 주위로 흩어졌다.

“공주님, 불을 피워도 됩니까?”

능성도가 긴장된 얼굴로 물었다.

“여긴 괜찮겠지?”

주소옥은 대답 대신 쾌도비에게 물었다. 또 그녀의 입술이 그의 귀에 닿았다.

“괜찮지 않소.”

“그래?”

주소옥은 뜻밖이라는 표정을 지었다. 구양웅 일행을 처음 만났던 곳에서 무려 백여 리 이상 북쪽으로 왔는데도 아직 안심할 수 없다고 하기 때문이다.

“우리가 여기까지 왔다면 그들도 올 수 있소.”

“그렇구나. 내가 깜빡했다.”

주소옥은 아예 그의 귓바퀴를 입에 물듯이 종알거렸다.

“그럼 이곳에서 잠시 쉬었다가 계속 가야 하는 거야?”

“그래야 할 것 같소. 여기까지는 놈들이 충분히 짐작할 수 있는 방향이고 거리요. 놈들이 예측하지 못하는 곳까지 가야지만 조금 안심할 수 있을 것이오.”

　주소옥은 쾌도비가 구양웅 일행을 만난 이후 말이 많아졌다고 생각했다.

　그도 그럴 수밖에 없는 것이, 아무것도 모르는 그들에게 많은 것을 일일이 설명해야 하기 때문이다.

　커다란 바위들이 둥글게 둘러싼 곳 위에 긴 나무를 잘라다가 나란히 촘촘히 가로질러 지붕을 만들고 나서 그 아래 제법 널찍한 공간 한복판에 모닥불을 피웠다.

　일전에 쾌도비가 그렇게 하는 것을 잘 봐두었던 주소옥이 왕궁무사들에게 지시한 것이다.

　꽤 크게 모닥불을 피웠으나 사방에 세워진 커다란 바위들과 천장이 불빛을 완벽하게 차단하여 외부로 새어 나가지 않게 해주었다.

　팔신궁에 대한 중압감에서 현실로 돌아온 구양웅은 매우 송구스러운 표정으로 주소옥을 바라보았다.

　"급히 오느라 식량을 준비하지 못했습니다. 죄송합니다."

　"그럼 구해와야지."

　"네? 아… 네. 알겠습니다."

　구양웅은 두 명의 사제 황포영과 능성도, 그리고 세 명의 왕궁무사를 이끌고 먹을 것을 구하러 갔다.

　주소옥은 오늘 낮에 쾌도비가 잡아서 구워준 토끼 고기를

든든하게 먹었기 때문에 아직 그다지 배가 고프지는 않았으
나 구양웅 등은 배가 고플 것이라고 생각했다.

하지만 그녀는 구양웅 등이 먹을 것을 구해오지 못할 것이
라고 예상하고 있다.

그러면서도 그들을 보낸 데에는 그럴 만한 이유가 있다. 그
들이 빈손으로 돌아온 후에 쾌도비가 가서 산짐승을 잡아오
게 하려는 것이다.

그렇게 해서 쾌도비의 뛰어난 점을 부각시키고 그들이 이
런 산중에서는 쾌도비 없이 아무것도 할 수 없는 존재라는 사
실을 스스로 깨닫게 하고 싶었다.

그녀의 목적은 간단하다. 쾌도비를 이 무리의 지휘자로 삼
으려는 것이다.

물론 그녀의 말 한마디면 구양웅을 비롯한 모두들 군소리
없이 쾌도비를 지휘자로 따르겠지만 심중으로는 승복하지 않
을지도 모른다.

지금까지 구양웅 등은 쾌도비에게 큰 신세를 졌고 그의 능
력을 어느 정도는 인정하지만 자신들의 지휘자로 받아들이는
것에는 무리가 있을 터이다.

자신들은 쟁쟁한 형산파의 제자이지만, 쾌도비는 정체도
모르는 일개 새파란 청년 무사이기 때문이다.

그래서 주소옥은 최소한 산중에서만이라도 쾌도비가 그들

을 완벽하게 승복시켜서 이끌도록 하려는 의도를 갖고 있다.

그녀는 쾌도비만이 자신들을 올바른 길로 이끌 수 있을 것이라고 믿었다.

과연 한 시진이나 지난 후에 구양웅 등은 빈손으로 돌아와서 매우 죄스러운 표정을 지었다.

"이 산에는 산짐승이 없는 것 같습니다. 도무지 눈에 띄지를 않으니……."

얼마나 산속을 헤매고 다녔으면 그들은 하나 같이 옷이 찢어지고 머리카락이 헝클어진 초췌한 모습이었다.

"가자."

주소옥은 모닥불 가에 앉아 있으면서도 쾌도비의 등에서 내리지 않았다.

구양웅 등이 빈손으로 돌아오면 쾌도비가 산짐승을 잡으러가야 하기 때문이다.

쾌도비 혼자 가고 자신은 구양웅 등과 함께 있어도 되는데 그러기 싫었다.

이상하게도 구양웅 등과 있으면 불안할 것 같고 쾌도비하고 있어야지만 안심이 되고 마음이 편했다.

"사형, 공주님께서 그자를 너무 의지하는 것 아닙니까? 우리는 안중에도 없는 것처럼 행동하시잖습니까?"

삼 사제 능성도가 볼멘소리로 투덜거렸다.

구양웅은 귀찮은 듯 묵묵히 입구 구실을 하는 두 자 폭의
바위 틈새로 강 쪽을 응시하고 있고, 황포영이 대신 능성도를
꾸짖었다.

"자넨 눈으로 보고도 그러는가? 그 청년의 능력은 어느 면
으로나 우리보다 뛰어나다. 더구나 공주님께선 그 청년 덕분
에 여러 차례 위험을 넘겼으니 그를 믿는 것이 당연하지 않겠
는가?"

"그래도 우린 어엿한 남령부 소속이고 그자는 뜨내기 아닙
니까? 아무리 능력이 뛰어나다고 해도……."

"그만해라."

구양웅이 조용히 중얼거리자 불평을 늘어놓던 능성도는
찔끔해서 입을 다물었다.

"무술은 우리가 뛰어날는지 몰라도 이런 산속에서 만큼은
그의 능력이 탁월하다."

"그렇기는 하지만……."

구양웅은 쾌도비가 어떻게 해서 무극사신들을 따돌렸으며
또 죽였는지 아직 모른다.

그래서 그가 약초꾼이나 사냥꾼처럼 산중에서만 능력이
뛰어날 것이라 생각하고 있다.

구양웅은 자신들이 쾌도비에게 큰 은혜를 입었으며 그가 호위한 덕분에 주소옥이 무사할 수 있었다는 사실을 분명하게 인정하고 있다.

그러면서도 이상하게 자꾸 가슴 부위가 스멀거리면서 꼬이는 기분이 들었다.

어쩌면 그것은 같은 사내로서 자신과 쾌도비를 자꾸 비교하게 되어 자존심에 상처를 입었기 때문인지도 모른다.

더구나 평소에 구양웅은 천하절색인 주소옥을 먼발치에서 바라보며 몹시 흠모해 왔었다.

지금까지 그는 주소옥의 손을 만져보기는커녕 옷깃조차도 스쳐 본 적이 없었다.

그런데 그녀가 쾌도비하고는 스스럼없이 부대끼면서 친근한 행동을 하는 것을 보자 가슴속에서 질투의 불길이 들끓어 올랐다.

더구나 아까 쾌도비가 상의를 벗고 주소옥이 그 안에 업히는 것을 보고는 구양웅은 아무도 모르게 어금니를 악물면서 겨우 참아야만 했었다.

상의 속에서 주소옥의 보드라운 두 손이 쾌도비의 맨 가슴을 만지고 있을 것이다.

뿐만 아니라 그녀의 두 다리가 그의 허리를 휘어 감고, 또한 은밀한 부위와 상상하기조차 심장이 두근거리는 그녀의 가슴이 그의 등에 짓눌려 있다는 생각을 하면 피가 머리로 다 몰려서 혼절할 것만 같은 기분이다.

구양웅은 같은 남자로서 쾌도비가 마음에 들었다. 과묵하고 행동적이며 가볍지 않은 것, 그리고 주소옥에게 헌신하면서도 그녀에게 아무런 감정도 품고 있지 않은 듯한 모든 것이 마음에 들었다.

하지만 그건 그거고 구양웅의 자존심이 상처를 입고 질투심이 끊임없이 솟구치는 것은 어쩌지 못했다.

쿵!

구양웅 등은 바깥쪽에서 묵직한 소리를 듣고 일제히 긴장된 표정으로 어깨의 검을 잡았다.

"다들 나와 봐라."

주소옥의 목소리가 들리자 구양웅 등은 안도하며 모두들 그녀가 있는 곳으로 몰려갔다.

그러면서 구양웅은 쾌도비가 지척까지 접근하도록 전혀 감지하지 못했다는 사실을 깨닫고 다시 한 번 마음이 무거워졌다.

구양웅 등은 주소옥을 업고 강가에 서 있는 쾌도비에게 다가가다가 의아한 표정을 지었다.

쾌도비 옆에 하나의 커다랗고 시커먼 물체가 놓여 있는 것을 발견했기 때문이다.

그리고 그 물체가 무엇인지 알아본 구양웅 등은 크게 놀라고 말았다.

놀랍게도 그것은 무게가 족히 백 근 이상 나갈 듯한 거대한 멧돼지였다.

구양웅 등은 한 시진 이상이나 산속을 지치도록 뒤졌는데도 다람쥐 한 마리 구경하지 못했었는데, 쾌도비는 주소옥을 업고 불과 일각도 되기 전에 이곳에 있는 사람이 모두 배불리 먹고서도 남을 만한 거대한 멧돼지를 잡아왔으니 구양웅 등은 입이 열 개라도 할 말이 없다.

구양웅이 멧돼지를 자세히 살펴보니까 상처가 보이지 않았다. 그것은 상처가 나지 않도록 일격에 때려서 잡았다는 뜻이다.

"내리시오. 해체해야겠소."

"그냥 해."

쾌도비가 주소옥을 내리려고 하자 그녀가 그의 귀를 잡아당기며 명령했다.

이런 와중에도 구양웅은 그녀가 아주 친근하게 쾌도비의 귀를 잡아당기는 것을 보고 저절로 인상이 찌푸려졌다.

"누가 단검 줘."

주소옥의 말에 황포영이 즉시 품속에서 예리한 단검 한 자루를 꺼내 쾌도비에게 내밀었다.

복잡한 심정의 구양웅과 불만투성이인 능성도하고는 달리 황포영은 쾌도비를 있는 그대로 받아들이고 있다.

스슥… 슥삭…….

쾌도비는 단검을 받자마자 능숙하게 멧돼지를 해체하기 시작했다.

한 번도 머뭇거리는 것 없이 우선 멧돼지의 목에 구멍을 뚫어 피를 쏟아내게 하고, 그다음에는 배를 갈라서 내장을 훑듯이 끄집어냈으며, 이후 머리와 몸통, 네 개의 다리를 부위별로 잘라냈다.

정말 신속하고 깔끔한 솜씨라서 보고 있는 사람들은 감탄을 금치 못했다.

커다란 멧돼지 한 마리를 완전히 해체하는 데 걸린 시각은 불과 이각 남짓이었다.

사람들은 그걸 보면서 도대체 저 청년이 못하는 것이 무얼까 하고 궁금하게 여겼다.

쾌도비가 강물로 피를 씻어내는 것을 보고 황포영이 성큼 다가섰다.

"그건 우리가 하겠소. 무얼 하면 되는지 시키시오."

쾌도비가 쳐다보자 황포영은 사람 좋은 미소를 지었다.

"내장을 땅에 깊이 파묻어서 흔적을 남기지 마시오."

황포영은 왕궁무사 몇 명과 피를 강물로 씻고 내장을 파묻는 일을 했다.

쾌도비가 해체한 멧돼지 부위를 들려고 하자 이번에는 다른 왕궁무사들이 앞다투어 나서서 자기들이 들었다.

쾌도비와 주소옥을 비롯한 열다섯 명은 멧돼지의 몸통에서 살을 떼어내서 나뭇가지에 꿰어 노릇노릇하게 잘 구워서 배불리 먹었다.

쾌도비 등에서 내린 주소옥은 그의 옆에 바싹 붙어 앉아서 그가 일일이 발라준 살코기를 맛있게 먹었다.

쾌도비는 멧돼지의 커다란 다리 네 개를 뾰족하고 긴 나뭇가지 끝에 꿰어서 높게 걸어 모닥불의 약한 열과 연기에 장시간 흠뻑 쏘이게 하였다.

"그건 왜 그러는 것이오?"

그의 일거수일투족을 눈여겨 지켜보던 황포영이 물었다.

쾌도비는 일어나서 네 개의 다리를 일일이 살펴보면서 대답했다.

"약한 불과 연기를 쏘여서 훈제를 만드는 것이오."

"훈제가 뭐요?"

쾌도비 대신 박식한 주소옥이 대답했다.

"그렇게 하면 고기가 상하지 않아서 오래 두고 먹을 수 있는 거야."

"아……."

그런 기발한 방법이 있었다는 사실을 깨닫고 또 쾌도비가 이런 식으로 앞일까지 안배하고 있다는 사실에 모두들 크게 감탄하여 고개를 끄떡였다.

주소옥은 훈제라는 것을 본 적도 먹어본 적도 없었다. 그녀는 모두들 쾌도비에게 감탄하는 것을 보면서 마치 제 일인 양 어깨가 으쓱했다.

"자, 이제 서로 인사를 해라."

다들 배불리 먹고 포만감을 느낄 때 주소옥이 모두를 둘러보며 말했다.

구양웅부터 한 명씩 일어나서 포권을 하며 자신의 이름과 출신, 신분을 말했다.

쾌도비는 일어나서 포권을 하며 짧게 말했다.

"쾌도비요."

어디 출신인지 그리고 뭘 하는 사람인지도 말하지 않아서 다들 아쉬운 표정을 지었다.

그런데 그때 왕궁무사 중 한 명이 고개를 갸웃거리다가 깜짝 놀라는 표정을 지었다.

"혹시 탈명도입니까?"

쾌도비는 무표정한 얼굴로 고개만 끄떡였다.

탈명도라는 말에 몇몇 왕궁무사는 놀라는 표정을 지으며

아는 체를 했으나, 형산파와 남령부에서만 오랫동안 생활한 구양웅과 황포영, 능성도는 그런 별호를 들어본 적이 없어서 의아한 표정을 지었다.

그들은 탈명도뿐만 아니라 다른 별호에 대해서도 거의 식견이 없는 형편이다.

타닥탁…….

마른 나뭇가지를 수북하게 얹은 모닥불이 더욱 기세 좋게 타오르는 둘레에서 모두들 웅크리고 앉거나 누워서 잠을 자고 있다.

구양웅과 모두가 예상했던 대로 주소옥은 쾌도비와 같이 자고 있다.

그런데 그녀의 자는 모습이 마치 갓난아기가 어머니 품에서 자듯이 옆으로 누운 쾌도비와 마주보고 그의 품에 폭 안겨 있다.

쾌도비는 그녀에게 베개 대용으로 한쪽 팔을 내주고 다른 팔로는 그녀를 꼭 끌어안고 있어서 얼핏 그 혼자 자는 것처럼 보였다.

맞은편에 앉은 구양웅은 오래전부터 그 모습을 물끄러미 응시하고 있다.

그리고 그 옆에서 세운 무릎에 얼굴을 묻은 채 자고 있는 황포영은 이따금 그런 구양웅의 모습을 보면서 속으로 한숨을 내쉬었다.

깜빡 잠이 들었던 구양웅은 눈을 떴다가 맞은편에 쾌도비와 주소옥이 보이지 않는 것을 발견하고 움찔 놀라서 벌떡 일어나 밖으로 나왔다.

바깥에는 돌아가면서 경계를 서고 있는 한 명의 왕궁무사가 추위에 몸을 잔뜩 웅크린 채 서 있다가 구양웅을 발견하고 깜짝 놀랐다.

구양웅은 뭐라고 말하려는 왕궁무사에게 손가락을 입술에 대며 아무 말도 하지 말라는 시늉을 해 보이고 나서 눈짓으로 쾌도비와 주소옥이 어디로 갔느냐고 물었다.

왕궁무사가 상류 쪽을 가리키자 구양웅은 쏜살같이 그쪽으로 달려갔다.

구양웅은 모닥불이 있는 곳에서 삼십여 장쯤 상류의 어느 커다란 바위 근처에서 멈추었다. 가까운 곳에서 말소리가 들려오고 있었기 때문이다.

"어서 바지를 벗으시오."

쾌도비의 말이다. 그리고 이어서 부스럭거리는 소리가 들렸다. 구양웅은 주소옥이 바지를 벗는 소리라고 생각하며 입술이 바짝 탔다.

"좀 더 다리를 벌리시오."

"네가 좀 더 잘 잡아봐. 자세가 좋지 않아."

"이제 됐소?"

"그래, 됐어."

그런 대화를 듣고 구양웅은 저만치 오 장여 거리의 바위 뒤에서 지금 무슨 일이 벌어지고 있는지 한 가지 밖에 상상되지 않았다.

주소옥이 바지를 벗고, 자세를 잘 잡으며, 다리를 벌린다면 상상할 수 있는 장면은 한 가지뿐이다.

"이젠 어떻소?"

"응. 제대로 된 거 같아. 이제 해봐."

"공주가 해야지 내가 하오?"

"아……."

구양웅은 온몸의 피가 머리꼭대기로 다 몰려서 폭발할 것만 같았다.

그는 숨어 있던 바위 뒤에서 나와 두 사람이 있는 바위 쪽으로 가려다가 움찔 놀랐다. 바위 귀퉁이에서 쾌도비의 모습이 살짝 내비쳤기 때문이다.

"누구냐?"

쾌도비가 나직이 외치는 것과 동시에 그에게서 새파란 광채가 번뜩 빛을 발했다.

　칵!

　'흑!'

　다음 순간 무엇인가 구양웅의 귓가를 아슬아슬하게 스치면서 바로 옆 바위에 꽂혔다.

　넋이 나간 듯 멍하니 서 있는 구양웅과 이쪽을 주시하고 있는 날카로운 눈빛의 쾌도비의 시선이 서로 마주쳤다.

　쾌도비는 커다란 바위 옆에 서 있는 구양웅을 발견하고 가볍게 고개를 끄떡였다.

　얼어붙은 듯이 서 있는 구양웅 옆 바위에는 비도쾌가 절반이나 깊숙이 꽂혀 있었다.

　구양웅은 쾌도비가 자신을 충분히 맞출 수 있었다고 생각했다. 그런데 마지막 순간에 자신을 알아보고 살짝 방향을 틀었을 것이라는 생각이 들자 가슴이 서늘해졌다.

　"왜 그래? 누가 있어?"

　주소옥의 목소리가 들렸다.

　"아무것도 아니오."

　"손잡고 있는데 자꾸 움직이면 똥 안 나오잖아. 제대로 잘 잡고 있어."

　주소옥이 종알거리는 소리를 듣고 구양웅의 얼굴이 보기 싫게 일그러졌다.

'똥… 이었나?'

모닥불로 돌아온 구양웅은 자신의 어이없는 실수 때문에 얼굴이 화끈거려서 견딜 수가 없었다.

주소옥이 용변을 보는 것을 그녀가 쾌도비하고 은밀하게 정사를 즐기는 것으로 오해를 했던 것이다.

자봉공주가 어떤 신분인데 그런 말도 안 되는 상상을 한 자신이 한심스럽고 파락호처럼 여겨졌다.

더구나 조금 전에 쾌도비를 발견한 순간 광채가 번쩍이자마자 무언가 자신의 귓가를 아슬아슬하게 스쳐 바위에 꽂혔을 때는 다리가 가늘게 떨리기까지 했었다.

만약 그것이 손가락 한 마디 정도만 옆으로 날아왔더라면 구양웅의 얼굴에 구멍이 뚫렸을 것이다.

설혹 쾌도비가 공격하는 것을 미리 알았다고 해도 피하거나 막을 수 없었을 것이라는 생각이 들자 구양웅은 자신이 한없이 초라해지는 것을 느꼈다.

그는 쾌도비가 아무리 뛰어난 능력을 지니고 있어도 그것은 산중에서만 유용한 것일 뿐 무공 면에서는 자신이 훨씬 월등할 것이라고 생각하고 있다가 큰 충격에 빠졌다.

어쩌면 자신과 쾌도비가 일대일로 겨뤄도 팽팽할지 모른다는 생각마저 들었다.

　자신의 무공에 대한 자부심이 누구보다 대단한 구양웅에게는 큰 충격일 수밖에 없다.

　그때 밖에서 쾌도비와 주소옥이 돌아오는 소리가 들리자 구양웅은 급히 상체를 뒤쪽 바위에 기대고 눈을 감으며 자는 체했다.

　그러면서 그는 어째서 자신이 허둥지둥 자는 체하는 것인지, 이왕 자는 체하려면 고개를 숙일 것이지 왜 얼굴을 꼿꼿하게 들고 있는 것인지 후회가 들어 복잡한 모멸감에 사로잡혔다.

　그는 자는 체하고 있는 자신의 모습이 어떨지 궁금하기 짝이 없었고, 만약 쾌도비가 자신을 보면서 무슨 생각을 할까 생각하니까 얼굴이 화끈거렸다.

　세운 무릎에 뺨을 대고 구양웅을 바라보고 있는 황포영은 씁쓸한 표정을 지었다.

삼년불비불명(三年不飛不鳴)

― 새가 삼 년 동안 날지도 울지도 않는다

동이 트기도 전에 구양웅은 제일 먼저 일어나서 강가로 나 갔다.

그는 밤새 한숨도 자지 못했다. 쾌도비에 대한 열등감과 자 신에 대한 모멸감, 수치심, 그리고 주소옥이 쾌도비만을 가깝 게 대하는 것에 대한 질투심 따위로 머릿속이 터질 듯이 복잡 했기 때문이다.

그러다가 어느 한순간 갑자기 머릿속이 얼음처럼 차가워 지면서 복잡한 잡생각들이 일시에 정리가 돼버렸다.

원래 자봉공주는 구양웅이 모셔야 할 상전이지 그가 넘볼 수 있는 대상이 아니었다.

그러므로 흠모는 단지 흠모로 그쳐야지 질투를 한다는 것은 언어도단이다.

또한 지금은 어떻게 하면 자봉공주를 무사히 추격대로부터 잘 호위하여 낙양까지 모시고 가느냐가 중요한 일이지 부질없는 열등감과 경쟁심으로 분열을 초래하여 내분을 야기시키는 일은 해서는 안 된다.

냉정하게 생각해 보면 쾌도비는 모든 면에서 완벽한 그래서 같은 남자로서도 매우 호감이 가는 사내다.

또한 그는 자봉공주가 낙양까지 가는 데 있어서 없어서는 안 될 중요한 사람이다.

그러므로 그와 최대한 협조하고 산중에서는 그의 말에 따라야만 매사가 순조로울 것이다, 라는 사실들을 깨달았다.

옥토에서는 과실이나 곡식이 잘 자라고 열리게 마련이다. 원래 명문정파에서 오랜 세월 수련을 하고 천성이 순후한 구양웅이었기에 누가 가르쳐 주지 않아도 제 스스로 몸부림치다가 깨달음의 경지에 이른 것이다.

'내가 소인배였다.'

그는 스스로를 크게 꾸짖고는 가슴과 두 팔을 활짝 벌리고 크게 심호흡을 했다.

그때 뒤쪽에서 인기척이 나서 돌아보니 쾌도비와 주소옥

이 나란히 손을 잡은 채 물가로 다가오고 있다.

"기침(起寢)하셨습니까?"

구양웅의 공손한 인사에 주소옥은 고개를 끄떡거리고는 물가에 쪼그리고 앉아서 세수를 했다.

그사이에 쾌도비는 강가 자갈밭에서 콩알 크기의 아주 작은 돌을 한 움큼 줍더니 바지를 둥둥 걷고 강으로 걸어 들어갔다.

"어디가?"

주소옥이 세수를 하다 말고 물었다.

"불고기를 잡으려는 것이오."

"내게서 삼 장 밖으로 벗어나지 마."

그녀는 쾌도비가 자신의 그림자이기를 원하는 것 같았다.

구양웅은 주소옥이 더벅머리를 틀어 올린 채 길고 새하얀 목을 씻는 것을 보고 있다가 시선을 쾌도비에게 주었다. 그가 어떻게 물고기를 잡는지 궁금했다.

쾌도비는 강 가장자리 수심이 무릎 정도 차는 곳에 우뚝 서서 천천히 주위를 둘러보았다.

그러다가 물고기를 발견했는지 왼손에 쥐고 있던 작은 돌 하나를 오른손에 쥐고 중지로 퉁겼다.

핑!

손가락으로 퉁긴 돌멩이는 엄청난 속도로 물을 뚫고 들어가 헤엄치고 있는 물고기에 적중되었다.

휙!

쾌도비는 허연 배를 뒤집고 물 위로 떠오른 물고기를 집어 자갈밭으로 던졌다.

한 자는 족히 될 듯한 물고기 한 마리가 대가리에서 피를 흘리고 있었다.

구양웅이 자세히 살펴보니 물고기의 대가리에 작은 구멍이 뻥 뚫려 있는데, 그 안쪽에 콩알 크기의 작은 돌멩이가 깊숙이 박혀 있었다.

이처럼 작은 돌멩이로 물속에서 빠르게 헤엄치며 움직이는 물고기의 대가리를 정확하게 맞춰서 잡다니 대단한 솜씨다.

툭!

구양웅이 감탄하고 있을 때 또 한 마리의 물고기가 날아와서 그의 옆에 떨어졌다.

그 물고기 역시 대가리에 구멍이 뚫려서 죽었다. 이후 물고기는 쉴 새 없이 계속 날아왔는데 한결같이 대가리가 뚫린 모습이다.

쾌도비는 큼직한 물고기로만 이십여 마리를 잡은 후에 물 밖으로 나왔다.

푸드득…….

그때 강 건너편 숲 속에서 커다란 새 한 마리가 솟구치더니 이쪽으로 비스듬히 날아올랐다.

피잉!

순간 쾌도비의 중지에서 돌멩이가 쏘아나갔다.

팍!

꾸억!

새는 구슬픈 소리를 내더니 땅에 떨어져서 몇 번 퍼덕이다가 곧 잠잠해졌다.

구양웅이 살펴보니까 새는 꽤 큼직한 까투리(꿩 암컷)인데 목 아래 부위에 돌멩이가 깊숙이 박혔다.

그는 손에 쥐고 있던 돌멩이를 바닥에 버리고 있는 쾌도비를 보면서 적이 탄복했다.

'놀라운 솜씨다.'

아침 식사는 쾌도비가 잡은 물고기와 까투리를 구워서 다들 배불리 먹었다.

지난밤에는 멧돼지 고기에 오늘 아침에는 물고기와 꿩 요리까지 골고루 먹은 사람들은 새삼 쾌도비에게 고마움을 느꼈다. 그가 아니었으면 쫄쫄 굶었을 것이다.

아니, 그뿐만 아니라 이런 깊은 산중에서 어떻게 해야 하는지 알지 못해서 아무것도 하지 못했을 것이다.

식사 후에 주소옥이 소변을 보러 쾌도비와 함께 잠시 나간 사이에 어젯밤 쾌도비가 탈명도라는 것을 알아본 왕궁무사가 모두에게 그에 대해서 설명을 해주었다.

설명을 듣고 난 황포영은 뭔가 이상하다는 표정을 지으며 말했다.

"자네 얘기를 들으면 탈명도는 강남무림에서 이류 정도인 것 같은데… 우리하고 함께 있는 쾌도비라는 사람은 이류 따위가 아니잖은가? 자네 사람을 제대로 본 건가?"

"어젯밤에 그가 직접 자신이 탈명도라고 시인하는 것을 총대장께서도 보셨지 않습니까?"

"그렇군."

구양웅은 어젯밤 쾌도비가 날린 비도쾌에 혼쭐이 났었던 일과 오늘 아침에 그가 콩알 크기의 돌멩이로 물고기와 꿩을 잡은 것을 상기했다.

"아무래도 그의 진면목이 강호에 전부 알려진 것이 아닌 듯하다."

"그런 것 같군요."

구양웅은 모두들 둘러보고 나서 엄숙한 표정을 지으며 당부했다.

"우리의 임무는 공주님을 무사히 낙양까지 호위하는 것이다. 현재 공주님께서 탈명도를 전적으로 신임하시고, 또 그는

뛰어난 사람이니까 우리 모두 그의 지휘를 잘 따라서 위기를
극복하도록 하자.”

황포영을 비롯한 모두는 명예와 자존심을 중히 여기는 구
양웅이 그런 말을 했다는 것에 놀라움을 금하지 못했다.

“그가 무엇을 시키면 내게 허락을 받지 않아도 되니까 즉
시 움직이도록 하라.”

“알겠습니다.”

이들이 그런 대화를 하고 있을 때 쾌도비와 주소옥이 모닥
불이 피워진 안쪽으로 들어왔다.

“현재 상황에 대해서 자세히 설명해 주겠다.”

주소옥은 그동안 일어났었던 일에 대해서 잘 정리하여 차
분하게 설명을 시작했다.

*　　　*　　　*

악양 호천루.

오 층 객방에서 사신이십오령주는 무극이령(無極二領)의
보고를 받고 있는 중이다.

“음…….”

아직까지 자봉공주를 죽이지 못한 것은 물론이고 그녀가
어디로 사라졌는지도 모른다는 보고를 받고 이십오령주는 무

거운 신음을 흘렸다.

이랬다가는 상부로부터 문책을 면하기 어렵다. 윗선에서는 그에게 전권을 주었는데 운남성과 귀주성의 고수와 무사 수천 명을 동원하고서도 자봉공주를 죽이지 못한다는 것은 그 자신이 생각해도 말이 되지 않는다.

"사령과 구령이 보이지 않는다는 것은 자봉공주를 호위하고 있는 자에게 죽었다는 뜻인가?"

"그런 것 같습니다."

"음! 팔령에 이어서 사령과 구령까지……."

이십오령주의 얼굴이 더욱 일그러졌다. 그는 처음에 강기에 의해 복부가 관통당해서 죽은 무극팔령과 얼마 전에 사라진 무극사령, 무극구령 세 명 모두 한 인물, 즉 자봉공주를 호위하고 있는 자에게 죽었다고 판단했다.

"자검루(刺劍樓)의 살수들을 이끌고 가장 가까운 거리에서 자봉공주를 추격하고 있는 칠령이 보내온 전서구의 보고에 의하면 사령과 구령은 함께 있었다고 합니다. 그 말은 둘이서도 그자를 당해내지 못했다는 뜻입니다. 어떻게 하면 좋겠습니까?"

이십오령주의 최대 고민은, 아니, 의문점은 도대체 자봉공주를 호위하고 있는 절정고수가 누구냐는 것이다.

그에 대해서 터럭만 한 정보라도 있어야 어떻게라도 방법을 모색할 것이 아니겠는가.

"이곳 호남성의 방파와 문파들도 불러 모아라."

탁자 앞에 앉아 있는 이십오령주는 손가락으로 탁자를 두드리며 생각하다가 말을 이었다.

"혈혼곡(血魂谷)이 호남성에 있던가?"

무극이령은 흠칫했다.

"그런 걸로 알고 있습니다만……."

그는 겨우 한 계단 상전인 무극일령 이십오령주에게 몹시 깍듯했다.

그것만 보더라도 팔신궁의 위계질서가 얼마나 엄격한지 잘 알 수 있다.

"혈혼곡에게 청부해라."

"영주, 그것은……."

"내가 책임지겠다. 지금 당장 착수해라."

혈혼곡은 강호에서 열 손가락 안에 꼽히는 살수집단이다. 모든 살수집단이 그렇듯이 혈혼곡 역시 돈만 주면 누구든지 죽여준다.

이십오령주는 눈빛을 차갑게 흘렸다.

"수만 명이 사냥감을 몰고 강남무림에서 가장 잔혹한 사냥꾼들이 그 사냥감을 죽이는 것이다."

*   *   *

　쾌도비 일행은 계속 북서진하여 이틀 후에 오강에서 백오십여 리 거리에 있는 홍도하(洪渡河)에 이르렀다.

　그들은 동동북에 있는 악양하고는 전혀 다른 방향으로 가고 있는 중이다.

　그것은 그가 주소옥에게 악양성에는 구태여 갈 필요가 없다고 설득했기 때문이다.

　그녀의 목적지는 낙양이지 일부러 위험을 감수하면서까지 사신이십오령주를 만나서 누가 무엇 때문에 그녀를 죽이라고 지시했는지 알아낼 필요는 없다는 것이 쾌도비의 주장이고 그녀는 고심 끝에 그의 말에 따랐다.

　홍도하는 강폭이 이십여 장에 이르고 수심이 매우 깊어서 건너는 것이 불가능했다. 또한 인가가 없는 깊은 산중이라서 배조차도 없다.

　그래서 일행은 강을 따라서 상류로 이동했다. 강폭이 좁아지거나 강을 건널 수 있는 수단을 발견하기 위해서다.

　그렇지만 처음 홍도하에 당도했던 곳에서 상류로 이십여 리나 이동했는데도 강폭은 좁아지지 않았으며 강을 건너기에 마땅한 수단도 나타나지 않았다.

　만약 쾌도비 혼자였다면 홍도하와 처음 마주친 그곳에서

무슨 수를 써서라도 강을 건넜을 것이다.

그러나 쾌도비가 구양웅을 비롯한 열두 명을 다 이끌고 강을 건너는 일은 불가능했다.

그뿐만이 아니라 오강에서 이곳까지 쾌도비 혼자 주소옥을 업고 왔다면 하루면 충분한 거리다.

그런데 모두를 이끌고 오니까 이틀씩이나 걸렸다. 특히 열 명의 왕궁무사는 말 그대로 무사들이라서 경공술이 형편없었다.

더구나 느린 속도로 달리는 것으로도 모지리서 빈 시진만 지나면 심장과 허파가 터질 것처럼 헐떡거리면서 땅바닥에 드러누워 버렸다.

구양웅 일행이 아니라면, 아니, 최소한 왕궁무사들만 없다면 쾌도비와 주소옥은 훨씬 더 빨리 그리고 안전하게 낙양을 향해 가고 있을 것이다.

극단적으로 말하자면, 그들은 도와주러 온 것이 아니라 짐이 되려고 왔다.

쾌도비는 그들을 떼어놓고 혼자서 주소옥을 낙양으로 데려가고 싶었으나 아직은 참고 있는 중이다.

주소옥을 만나기 전까지는 무엇을 하든 그가 스스로 결정을 내리고 행동에 옮겼으나 지금은 아니다. 주소옥이 그 사실을 깨달을 때까지 기다려야만 한다.

그녀가 구양웅 등의 상전이기 때문이다. 지금 쾌도비가 그들을 떼어내려고 한다면 독단으로 보여서 모두의 반발을 사겠지만, 주소옥이 그들에게 떠나라고 한다면 그것은 명령이 되는 것이다.

결국 쾌도비는 강을 건너기 위해서 특단의 조치를 취했다.

강폭이 가장 좁은 곳을 선택해서 십오륙 장 정도의 거리를 칡넝쿨을 연결해서 건너기로 한 것이다.

칡넝쿨을 이쪽의 높은 절벽의 나무에 묶은 후에 그걸 쥐고 반대편 강가의 낮은 백사장까지 단번에 날아가 그곳에 연결해서 사람들을 건너오게 하려는 계획이다.

이곳은 물살이 매우 센 급류라서 헤엄을 쳐서 건너는 것은 불가능했다.

그는 일단 사람들에게 칡넝쿨을 모으라고 하여 그것을 이십여 장 길이로 이었다.

그리고 한쪽을 절벽 위의 굵은 나무에 묶고 반대쪽을 비도 쾌의 도파에 단단히 묶어서 오른손에 움켜쥐었다.

구양웅 등은 그가 무엇을 하려는 것인지 그때까지도 알아차리지 못했다.

"잠깐 내리시오."

"왜?"

쾌도비가 무게를 가볍게 하려고 주소옥을 등에서 내리려고 하자 그녀는 온몸으로 더욱 힘주어 그를 안으면서 내리려고 하지 않았다.

"반대편까지 도약하려면 가벼워야지 않겠소?"

그제야 주소옥과 사람들은 쾌도비가 무엇을 하려는지 깨닫고 크게 놀랐다.

"그건 불가능하오."

구양웅은 강하게 고개를 가로저었고 황포영을 비롯한 다들 말도 안 된다고 한마디씩 거들었다. 그들이 생각하기에 이것은 무모함 그 이상이다.

"할 수 있어."

그런데 주소옥의 한마디가 모두의 반대를 묵살했다. 그녀는 쾌도비의 경공술이 뛰어나다는 사실을 직접 체험했었다. 또한 그녀는 쾌도비가 가능성도 없는 말을 꺼내지 않는 성격임을 잘 알고 있다.

"이 방법 외에는 달리 방법이 없잖아."

두 번째 말에 모두 침묵했다. 모두 쉽게 강을 건너갈 수 있는 강의 최상류까지 도대체 얼마나 멀지 알 수도 없는 상황에서 언제까지나 이곳에서 발목이 붙잡혀 있을 수는 없는 노릇이다.

"뛰어봐. 넌 할 수 있어."

주소옥은 그의 어깨를 두드리면서 용기를 북돋으며 한마디 덧붙였다.

"하지만 날 업고 뛰어야 해."

모두들 망연자실한 표정을 지었다. 십오륙 장 폭의 강을 단숨에 날아서 건너려는 쾌도비에게서 터럭만 한 무게라도 덜어줘야 할 판국에 자기는 그냥 업혀 있겠다고 말하는 그녀다. 그러면서도 넌 할 수 있다고 격려하고 있다.

쾌도비는 그녀가 등에서 내리지 않을 것이라는 사실을 예상하고 있었다.

그걸 대비해서 하나의 방법을 생각해 두었으니 별일이 없는 한 성공할 수 있을 것이다.

구양웅 등은 쾌도비가 도약하기 위해서 절벽 뒤쪽으로 물러나는 것을 지켜보면서 복잡한 표정을 지었다.

이들 중에서 제일 고강한 구양웅이라고 해도 한 번의 도약에 평지에서는 삼 장 정도이고, 이런 경사를 이룬 절벽에서의 하강이라고 해도 오 장이 최대치다.

그런데 쾌도비는 그 세 배인 십오륙 장을 단번에 날아서 건너겠다고 하니 걱정 반 기대 반 마음이 복잡했다.

구양웅 등이 어떤 격려의 말을 해주기도 전에 절벽 뒤쪽으로 물러났던 쾌도비가 마치 활에서 발사된 화살처럼 돌연 절벽 끝을 향해 질주하기 시작했다.

모두들 쾌도비가 결정과 동시에 행동으로 옮기는 성격이
라는 사실을 모르고 있기에 한층 더 놀랐다.

타앗—

모두들 극도로 긴장해서 지켜보는 가운데 순식간에 절벽
끝에 이른 쾌도비는 오른 발끝으로 힘껏 땅을 박차고 허공으
로 솟구쳐 올랐다.

슈웃—

그는 한 마리 새처럼 허공으로 날아오르면서 숨을 길게 들
이쉬어 몸을 최대한 가볍게 만들었다.

높은 곳에서 낮은 곳으로 도약한다고 해서 아래 혹은 수평
으로 뛰어서는 안 된다.

그렇다고 너무 높이 솟구쳤다가는 강물에 곧장 곤두박질
칠 테니까 거리를 제대로 조정해서 완만하게 비스듬히 비상
해야 한다.

모두들 절벽 끝으로 우르르 몰려가서 숨죽이고 손에 땀을
쥔 채 지켜보았다.

사실 쾌도비에게도 생각이 있다. 그의 능력으로는 한 번의
도약에 육칠 장 정도가 한계다. 지금 같은 경사라고 해도 한
번에 십여 장이 최대치일 것이다.

그래서 오른팔에 축적된 공력을 한 번 이용해 보려는 변칙
을 궁리해 냈다.

그는 비도쾌의 도법 일 초식 천지무쌍쾌의 초기 단계에서 오른팔의 공력을 특수한 수법에 의해 온몸의 각 혈맥으로 주천시키는 방법을 주소옥에게 배웠었다.

그것을 약간 변형하여 오른팔의 공력을 도약하는 순간 오른쪽 다리로 보내서 최대한 힘차게 땅을 박찬다는 것이 그의 생각이다.

그러나 그 방법은 절반만 성공했다. 처음 시도해 보는 것이라서 오른팔의 공력이 모두 전달되지 않고 삼 할 정도만 오른발로 전해졌다. 그 힘으로 절벽 끝을 박찬 것이다.

슈우—

그는 빠른 속도로 허공으로 비스듬히 솟구쳤다가 하강하면서 단숨에 십여 장까지 날아갔다.

그러나 아직 오륙 장이 더 남아 있다. 이대로라면 강물에 빠지고 말 것이다.

"위험해!"

"줄을 당겨라!"

그가 빠른 속도로 강을 향해 추락하자 절벽 위에서는 아우성이 터졌다.

순간 쾌도비는 오른손에 쥐고 있던 비도쾌를 맞은편 강가의 바위를 향해 힘껏 던졌다.

쉬익!

그는 비도쾌가 쏘아가는 것을 눈으로 좇는 것과 동시에 오
른손을 둥글게 말아서 칡넝쿨이 손안에서 느슨하게 풀려 나
가도록 했다.

탁!

비도쾌가 바위에 꽂히는 순간 그는 칡넝쿨을 슬쩍 잡아당
기면서 그 반동으로 다시 한 번 도약하여 쏘아갔다.

그 광경을 뚫어지게 지켜보던 구양웅은 왕궁무사들이 칡
넝쿨을 잡아당기려는 것을 급히 제지했다.

"멈춰라!"

쿵!

그와 동시에 쾌도비는 강 건너편 비도쾌가 꽂힌 바위 앞에
묵직하게 내려섰다.

그는 비도쾌에서 칡넝쿨을 풀어서 팽팽하게 당겨 바위에
단단하게 묶은 후에 절벽 위에 있는 구양웅 등을 향해 건너오
라고 손짓을 해보였다.

구양웅 등은 방금 눈앞에서 벌어진 놀라운 광경에 감탄을
금치 못하고 멍하니 서 있었다.

"먼저 건너라. 내가 마지막에 건너겠다."

정신을 수습한 구양웅은 황포영과 왕궁무사들을 먼저 건
너라고 지시했다.

"소제가 먼저 건너겠습니다."

능성도가 말과 함께 훌쩍 몸을 날려 팽팽한 칡넝쿨 위에 사뿐하게 올라서더니 빠르게 전진했다.

"안 돼! 내려와라!"

황포영이 급히 소리치는 것과 왕궁무사 한 명이 칡넝쿨에 매달리는 것이 동시에 일어났다.

"엇?"

왕궁무사가 매달리는 바람에 칡넝쿨이 크게 흔들려서 그 위를 걷고 있던 능성도는 휘청거리더니 중심을 잃고 아래로 떨어지다가 간신히 칡넝쿨을 붙잡았다.

"아앗!"

일은 그다음에 터졌다. 능성도가 떨어지면서 간신히 붙잡느라 더욱 크게 흔들리게 된 칡넝쿨에 매달려 있던 왕궁무사가 칡넝쿨을 놓치고 만 것이다.

탁!

그 순간 구양웅이 자신의 몸을 돌보지 않은 채 재빨리 절벽 바깥쪽으로 상체를 기울이며 한손을 뻗어 왕궁무사의 팔을 잡았고, 황포영이 완전히 절벽 바깥쪽으로 몸이 기울어진 구양웅의 팔을 잡았다.

구양웅이나 황포영 둘 중 한 사람만이라도 반사적인 행동이 조금만 늦었더라면 왕궁무사나 구양웅까지 절벽 아래로 추락했을 것이다.

구양웅은 왕궁무사를 절벽 위로 끌어 올리고 나서 능성도에게 손짓을 해보였다.

"너부터 건너라."

"대사형……."

능성도는 흔들거리는 칡넝쿨에 매달린 채 참담한 표정으로 구양웅을 쳐다보았다.

자신이 칡넝쿨 위로 걸어서 가겠다고 출렁거리는 바람에 하마터면 큰 사고가 날 뻔했기 때문이다.

그런데도 구양웅이 화내거나 꾸짖지 않으니까 더욱 참담한 심정을 금할 길이 없었다.

칡넝쿨이 아무리 견고해도 칡넝쿨일 뿐이다. 거기에 두 사람 이상 매달리면 끊어질 수도 있다.

황포영은 지켜보고 있다가 능성도가 건너편에 내려서자 왕궁무사들을 한 명씩 차례로 건너게 했다.

왕궁무사들이 단단하게 묶여 있는 칡넝쿨에 매달려 건너는 것은 어려운 일이 아니지만 한 명씩 건너야 하기 때문에 시간이 오래 걸렸다.

그래도 실을 바늘허리에 묶어서는 사용할 수 없다. 차근차근 한 명씩 건너는 수밖에 도리가 없다.

이윽고 절벽 위에는 구양웅과 황포영, 그리고 세 명의 왕궁무사가 남았다.

그런데 왕궁무사 한 명이 칡넝쿨에 매달려서 강 절반쯤 건너고 있을 때였다.

구양웅은 뒤쪽 숲 속에서 뭔가 흐릿한 기척을 감지했다. 무언가 빠르게 이쪽으로 다가오면서 풀을 스치는 미약한 소리를 감지한 것이다.

그는 재빨리 숲 쪽으로 다가가서 숲 속을 날카롭게 살펴보다가 움찔 놀랐다.

숲 속 삼십여 장 거리에서 일단의 무리가 이쪽을 향해서 다가오고 있는 것을 발견했다.

흑의 경장을 입고 어깨에는 검을 메고 있는 자들이며 한눈에도 평범한 강호인은 아닌 것 같았다.

구양웅은 심장이 격렬하게 뛰는 것을 억제하며 나무 뒤에 몸을 숨기고 숨죽인 채 그들을 지켜보았다.

절벽 끝에 있는 황포영은 뭔가 심상치 않음을 느끼고 자세를 낮추며 구양웅을 주시했다.

문득 구양웅은 쾌도비가 설명해 준 말이 생각났다. 이틀 전에 주소옥이 그간에 있었던 상황에 대해서 설명을 할 때 쾌도비가 부연설명을 해주었었다.

그는 무극사신 한 명이 칠십오륙 명의 고수를 이끌고 있었는데 그들이 살수 같다고 말했었다.

지금 구양웅이 보고 있는 흑의인들이 쾌도비가 설명했던

바로 그자들인 것 같다는 생각이 든 것이다.

흑의인은 처음에는 십여 명이었는데 점점 수가 늘어나서 사오십 명이 되었고, 구양웅이 있는 쪽으로 곧장 다가오고 있었다.

'큰일이다.'

구양웅의 등줄기에서 차가운 식은땀이 흘러내렸다. 이쪽은 다섯 명뿐이고 더구나 절벽 끝에 몰려 있는데 흑의인들이 들이닥치면 도망칠 곳도 없이 사생결단 싸울 수밖에 없는 상황이다.

그리고 그 싸움은 해보나 마나다. 쾌도비의 말에 의하면 그들은 살수이며 수가 칠십오륙 명에 이르고 또 무극사신도 한 명 있다고 했는데 구양웅 등 다섯 명이 어떻게 당해낸다는 말인가.

구양웅은 빠르게 뒤로 물러나 황포영과 왕궁무사들에게 모두 칡넝쿨에 매달리라고 손짓을 해보였다.

황포영은 그의 뜻을 즉시 알아차렸으나 왕궁무사들은 어리둥절한 표정을 지을 뿐이지 선뜻 칡넝쿨에 매달리려고 하지 않았다.

"적이다. 어서 매달려라."

급한 마음에 황포영이 육성으로 종용하자 그제야 왕궁무사들은 소스라치게 놀라 분분히 칡넝쿨에 매달렸다.

촤악!

차창!

바로 그때 황포영의 목소리를 듣고 숲에서 몇 명의 흑의인들이 튀어나오면서 검을 뽑으며 곧장 달려들었다.

"사형! 어서!"

세 명의 왕궁무사 뒤쪽 칡넝쿨에 매달린 황포영이 다급하게 외쳤다.

구양웅은 왼손으로 칡넝쿨을 움켜잡고 오른손으로 검을 뽑는 것과 동시에 칡넝쿨을 잘랐다.

팍!

그러나 흑의인 세 명이 이미 지척까지 쇄도하면서 구양웅과 황포영 등을 향해서 공격을 퍼부었다.

쐐애액!

칡넝쿨의 마지막과 끝에서 두 번째에 매달린 구양웅과 황포영은 두 발이 막 절벽 끝을 벗어나 허공에 떠 있는 자세이므로 흑의인들의 공격을 피하거나 막을 방법이 없다. 또한 자세가 무너져 있기 때문에 흑의인들을 공격할 수도 없는 상황이다.

따따딱!

"커흑!"

"왁!"

그런데 갑자기 어디선가 작은 물체가 날아와 공격하는 세 흑의인의 얼굴을 차례로 강타했고, 그들은 비명을 지르면서 상체가 뒤로 확 젖혀졌다.

구양웅은 세 명의 흑의인이 얼굴에서 피를 뿌리며 자빠지는 광경을 보면서 절벽 아래로 쏜살같이 하강했다.

구양웅은 강 건너의 쾌도비가 뭔가 수를 쓴 것이라고 생각했으나 그것이 무엇인지 알 수 없을뿐더러 지금은 자신들이 추락하고 있는 상황이라 길게 생각할 여유도 없다. 강에 추락하면 그다음에는 어떻게 할 것인지 그것만으로도 머리가 터질 지경이다.

휘이…….

그런데 갑자기 구양웅 앞쪽에 있던 세 명의 왕궁무사가 허공으로 둥실 떠올랐다.

아니, 그다음에는 황포영이, 그리고 마지막에 구양웅까지 추락하다 말고 마치 큰 물살을 일으키는 파도 위에 몸을 실은 것처럼 너울거리며 떠올랐다.

허공으로 높이 떠오른 구양웅이 강 건너편으로 시선을 주니 그곳에서 쾌도비가 칡넝쿨을 잡고 크게 휘두르고 있는 모습이 보였다.

약한 칡넝쿨은 그냥 힘만으로 팽팽하게 잡아당기면 맥없이 끊어지고 만다. 지금처럼 다섯 명이나 매달린 상황에서는 더욱 그럴 것이다.

쾌도비는 그것을 잘 알고 있기에 지금처럼 뱀이 구불구불 기어가는 것처럼 칡넝쿨을 크게 원을 그리면서 휘둘러 힘을 분산시키고 있는 것이다.

구양웅이 뒤돌아보니까 절벽 위에 수십 명의 흑의인이 우글거리며 모여 있으나 멀뚱하게 쳐다보기만 할 뿐 어쩌지 못하고 있었다.

그리고 그들 중에 혈의인 한 명이 보였는데 그가 바로 저 유명한 팔신궁의 무극사신인 것 같았다.

뚝…….

칡넝쿨이 끊어졌다. 하지만 건너편에 거의 다 도달해서 끊어졌기에 구양웅과 황포영은 신형을 날려 강 건너 백사장에 내려섰으며 왕궁무사들은 강물에 떨어졌으나 모두 헤엄을 쳐서 나왔다.

쾌도비와 구양웅 등은 이십여 장 거리 절벽 위의 무극사신과 흑의인들을 쳐다보았다.

만약 조금만 늦었더라면 큰일 날 뻔했다는 생각에 다들 가슴이 서늘해졌다.

또한 쾌도비가 칡넝쿨을 제 때 적절하게 잡아당기지 않았으면 구양웅 등은 강에 빠져 흘러·내려가 어떻게 됐을지 모르는 상황에 처했을 것이다.

구양웅은 조금 전 자신과 황포영 등이 흑의인 세 명에게 공격을 당했을 때 그들이 갑자기 얼굴에서 피를 흘리며 뒤로 퉁겨진 일이 궁금했으나 지금은 쾌도비에게 묻는 것이 적당한 때가 아니라고 생각했다.

사실 쾌도비는 강 건너 절벽 위에 흑의인들이 나타나자마자 조약돌을 주워서 대비를 하고 있다가 구양웅과 황포영이 위기에 처하자 즉시 오른손으로 조약돌을 던진 것이다. 돌팔매가 우스운 것 같지만 그의 또 다른 장기 중에 하나다.

절벽 끝에 선 무극칠령은 강 건너편 백사장에 늘어서 있는 사람들을 날카롭게 살펴보다가 어느 한 사람에게서 시선이 멈추었다.

키가 크고 장대한 체구의 한 청년에게 업혀 있는 소녀를 발견한 그는 그녀가 자봉공주일 것이라고 확신했다.

그렇다면 그녀를 업고 있는 청년이 지금껏 그녀를 호위해 온 인물일 가능성이 크다.

"저자가 누구냐?"

무극칠령은 쾌도비에게서 시선을 떼지 않은 채 주위의 흑의인들에게 나직이 물었다. 그러나 다들 고개를 가로저을 뿐 대답하는 사람이 없다.

"갑시다."

구양웅 등은 건너편 절벽을 쳐다보면서 긴장한 표정을 짓고 있는데 쾌도비가 몸을 돌려 강둑 위로 걸어가자 정신이 번쩍 들어 우르르 그의 뒤를 따랐다.

구양웅은 쾌도비 옆으로 빠르게 다가가 고마움을 표했다.

"고맙소. 덕분에 모두 무사했소."

쾌도비가 단지 가볍게 고개를 끄떡일 뿐 아무 말도 하지 않는 것을 보고 구양웅은 그가 자신이 행한 대단한 일에 대해서 공치사나 보답을 원하지 않는 특이한 사람이라는 사실을 깨달았다.

그러고 보니까 쾌도비는 지금까지 자신이 한 여러 가지 훌륭한 일을 드러내거나 조금도 으스대지 않았으며 언제나 침묵으로 일관했었다. 세상에는 그런 사람이 정말로 극소수에 불과하다.

이즈음 구양웅을 비롯한 모두는 쾌도비가 이 무리의 중심이며 지휘자라는 사실을 실감하고 있었다.

이 깊은 산중에서 쾌도비 없이는 한 발도 제대로 전진할 수 없다는 사실을 이미 여러모로 경험하고 있는 중이기 때문이다.

이들 중에서 주소옥을 제외하면 쾌도비의 나이가 제일 어리지만, 그의 풍부한 강호의 경험과 뛰어난 실력은 단연 발군임을 아무도 부인하지 못했다.

그리고 주소옥과 구양웅, 황포영은 조금 전 칡넝쿨로 강을 건너다가 일어난 사건으로 인해서 한 가지 사실을 비로소 깨닫게 되었다.

구양웅과 그의 일행이 지금 이곳에서는 주소옥의 낙양행에 터럭만큼도 도움이 되지 못한다는 사실이다.

그러나 구양웅은 쾌도비와 주소옥의 눈치만 살필 뿐 아무 말도 하지 못했다.

자신들이 쾌도비와 주소옥 곁을 떠나는 것이 두 사람을 돕는 길이라는 것을 알지만 그럴 수는 없기 때문이다.

자봉공주를 호위하라는 남령왕의 엄명을 받고 온 몸이거늘 어찌 이대로 돌아설 수 있다는 말인가.

그렇기 때문에 방법은 하나, 어떻게든 도움이 될 수 있는 길을 찾아서 미력이나마 보태야만 한다.

第二十六章

막천석지(幕天席地)
ㅡ하늘을 장막 삼고 땅을 자리 삼는다

쾌도비는 자신들이 북쪽으로 향하고 있는 것을 무극칠령이 눈치챘다고 판단했다.

아마도 산행이 익숙하지 않은 구양웅 일행, 특히 왕궁무사들이 남긴 흔적을 보고 추적했을 것이다. 그렇게밖에는 생각할 수가 없다.

무극칠령이 주소옥을 발견했으니까 전서구를 통해서 본진(本陣)에 그 사실을 알리고 지금쯤 결사적으로 추격해 오고 있을 것이다.

쾌도비 일행이 칡넝쿨을 타고 강을 건너는 것을 봤지만 그들도 그런 방법을 따라서 하지는 않을 것이다.

우선 최초에 칡넝쿨을 가지고 강을 건널 만한 사람이 없을 테니까 말이다.

그곳은 물살이 매우 센 급류라서 여간 헤엄을 잘 치거나 공력이 심후하지 않고는 헤엄을 쳐서 도강하는 것은 녹록하지가 않다.

그러므로 강 상류로 가서 강폭이 좁은 곳으로 건너는 수밖에는 없을 터이다. 그런 곳이 가까운 곳에 있을 수도 있으며 먼 곳일 수도 있다.

어쨌든 쾌도비 일행이 추격대에 발각됐다는 것은 치명적이다. 이제는 사력을 다해서 도주하는 일만 남았다.

쾌도비는 홍도하로부터 북쪽을 향해 전력으로 달려서 십여 리쯤 되는 곳에 일단 멈추었다.

지금은 무조건 도망치는 것보다 어디로 어떻게 도주해야 하는지가 중요한 시기다.

쾌도비는 지금이야말로 더 미루지 말고 구양웅 일행에게 이곳에서 헤어질 것을 선언해야겠다고 마음먹었다.

쾌도비 혼자 주소옥을 업고 가면 지금보다 서너 배 이상 빠른 속도로 북진할 수 있다.

그런데 숲 속의 공터에 멈추자마자 뜻밖에도 주소옥이 먼저 그 말을 꺼냈다.

"너희들은 이곳에서 돌아가라."

구양웅과 황포영은 그녀의 말뜻을 즉시 알아차렸으나 능성도와 왕궁무사들은 어리둥절한 표정을 지었다.

"공주님."

구양웅과 황포영은 약속이나 한 듯 그 자리에 무릎을 꿇고 머리를 조아렸으나 능성도는 무슨 영문인지 몰라서 어정쩡하게 서 있었다.

구양웅은 쾌도비에게 업혀 있는 주소옥 앞에서 폐부를 짜내는 듯한 목소리로 아뢰었다.

"감히 청하옵건대 이번 한 번만 더 속하를 믿어주십시오."

"무엇을 믿으라는 게냐?"

"왕궁무사들은 돌려보내겠습니다. 하지만 속하들 세 명 사형제는 계속 공주님을 따르도록 허락해 주십시오."

능성도와 왕궁무사들은 그제야 상황이 어떻게 돌아가고 있는지 조금 감이 잡히는 듯한 표정이다.

주소옥은 구양웅을 쳐다보지도 않으면서 냉랭하게 일침을 가했다.

"너희들은 나를 호위하겠다고 왔지만 나를 만난 이후 대관절 무슨 도움을 주었느냐?"

능성도와 왕궁무사들은 부끄러움에 얼굴이 붉어지면서 고

개를 숙였다.

"쾌도비가 너희들의 잠자리와 먹을 것까지 일일이 챙겨주지 않았더냐? 더구나 너희들이 아니었으면 우린 이미 목적지를 향해서 수백 리는 더 갔을 것이고, 아까처럼 발각되는 일도 없었을 것이다."

주소옥의 말은 백 번 지당해서 구양웅 등은 입이 열 개라도 변명의 여지가 없다.

"이후 속하들이 조금이라도 공주님께 짐이 된다는 생각이 들면 그때는 속하들 스스로 물러가겠습니다. 하오니 한 번만 해량해 주시기를 간청합니다."

"네놈들은 나의 안전보다 너희들의 임무나 명분이 더 중요하다는 말이냐?"

"그럴 리가 있겠습니까?"

정곡을 찔린 구양웅은 그렇게 부인을 했으나 주소옥의 말이 옳다는 것을 인정할 수밖에 없었다. 그들은 이대로 돌아갈 수가 없는 것이다.

"듣기 싫다. 썩 꺼져라."

그러나 주소옥은 조금도 흔들리지 않았다.

"나는 무슨 수를 써서라도 낙양에 가야만 하는데 너희들처럼 쓸모없고 귀찮은 짐을 주렁주렁 매달고 어찌하라는 말이냐?"

구양웅은 자신의 힘으로는 도저히 주소옥의 마음을 돌이킬 수 없다는 사실을 깨달았다.

그러나 이대로 돌아간다면 남령왕에게 큰 벌을 받기 이전에 구양웅 자신이 괴로움 때문에 견디지 못할 것이다.

[쾌 형, 부탁하오. 날 한 번만 살려주시오.]

결국 그는 고개를 들고 쾌도비를 우러러보면서 간절한 표정으로 전음을 보냈다.

구양웅 일행과 헤어진 후 주소옥을 업은 쾌도비는 전력으로 동쪽을 향해서 달렸다.

구양웅 일행과 헤어졌기 때문에 계속 북쪽으로 달리면 무극칠령과 칠십오륙 명의 살수를 따돌리는 것은 어렵지 않은 일이다.

하지만 생각처럼 그렇게 간단하지가 않다. 무극칠령은 사신이십오령주에게 전서구를 날렸을 테고, 그렇다면 대규모 추격대가 가장 빠른 속도로 북쪽을 차단해 버릴 것이다.

악양 호천루에 있는 사신이십오령이 전서구를 받은 직후에 출발하여 쾌도비가 이동하고 있는 북쪽을 차단할 것이라고 속단하는 것은 우둔하기 짝이 없는 생각이다.

현재 사신이십오령주는 자봉공주를 죽이려고 하는 무리의 우두머리로서 셀 수 없을 정도로 많은 방파와 문파, 집단들을 동원하는 능력을 과시하고 있다.

그런 그가 쾌도비가 북진하고 있는 앞쪽, 즉 사천성이나 호북성의 방파와 문파들을 동원하여 새로운 추격대를 꾸리는 것은 그다지 어려운 일이 아닐 것이다.

거기까지 생각한다면 쾌도비가 계속 북진하는 것은 천라지망 안으로 스스로 들어가는 것이나 다름이 없다.

쾌도비는 주소옥만 업고 전력으로 달리면 무극칠령이 이끄는 살수들보다 더 빨리 달릴 수 있다고 확신하지만 여러 변수까지도 생각해야만 한다. 쾌도비가 생각할 수 있는 변수와 생각하지 못한 변수가 더 있을 것이다.

추격대에는 바보만 있는 것이 아니다. 쾌도비가 생각하는 것이라면 그들도 생각할 터이다.

쾌도비가 발각된 후에 방향을 바꿔서 동쪽이나 혹은 서쪽, 남쪽으로도 갈 수 있다고 여기고 거기에 대한 방비를 해둘 것이 분명하다.

단지 쾌도비가 북쪽으로 갈 것이라는 데에 가장 큰 무게를 두고 대처할 것이 분명할 테니, 상대적으로 다른 방향은 대비가 소홀할 테고 그렇기 때문에 동쪽으로 가겠다는 게 쾌도비의 생각이다.

"힘들어?"

쾌도비가 숲 가운데 멈춰서 예리한 시선으로 주위를 둘러보자 업혀 있는 주소옥이 조금 염려스러운 표정을 지었다.

"조금 쉬었다 갑시다."

홍도하는 귀주성 북단에 위치해 있어서 조금만 더 북쪽으로 가면 사천성의 산악지대가 나온다.

그런데 쾌도비는 홍도하에서 동쪽, 아니, 정확하게 말하면 동쪽으로 달리면서 약간 비스듬히 북쪽을 향했다.

지금까지 꼬박 이틀 동안 달리다가 쉬기를 반복하며 삼백여 리 이상을 달렸으므로 지금쯤 귀주성의 동북쪽과 사천성의 동남쪽, 그리고 호북성의 서쪽 끝 삼 개 성(省)이 겹치는 지점 어딘가에 와 있을 것이라고 계산했다.

그는 이쪽 지리에 대해서는 자세히 모른다. 그저 서남쪽에서 동북쪽으로 수만 리에 달하는 길고 긴 산맥이 뻗어 있으며, 서남쪽 끝은 중원을 벋어나 천축(天竺:인도)이고, 동북쪽 끝은 사천성의 무산(巫山) 근처라는 정도만 알고 있다.

그래서 그는 동쪽으로 가다가 추격대를 벗어났다는 판단이 서면 다시 북쪽 무산으로 향할 계획이다.

무산의 장강을 건너서 대파산(大巴山)을 따라 북상하든지, 사람들 사는 곳으로 내려와서 북쪽으로 향하면 열흘이나 보름 안에 낙양에 도착할 수 있을 것이다.

그라고 해서 산행이나 산속에서의 생활에 통달한 것은 아니다. 천하를 유랑하다 보니까 오랜 시간 산길을 갈 때나 산속에서 며칠씩 노숙을 하는 일이 허다했었다.

그리고 좋지 않은 일에 연루되었을 경우든가 쫓기는 상황에 산속에서 숨어서 지냈던 적이 몇 차례 있었다.

하지만 이곳처럼 깊은 산중이거나 이렇게 오랫동안 쫓겨 본 적은 없었다.

그래서 그동안의 산중 생활을 했던 경험과 강호에서의 경험들을 최대한 살려서 현재 처해 있는 난관에 대처해 나가고 있는 중이다.

날이 어두워지고 있으므로 오늘 밤 잘 곳을 찾아야 한다. 이틀 동안 잠을 자지도 제대로 먹지도 않고 달렸기 때문에 사흘째인 오늘 밤만큼은 쉬어야 한다.

도주하는 일이 오늘만 하고 내일은 끝나는 게 아니다. 그러므로 최소한이라도 잠을 자두고 먹어두어야 위기상황이 닥치면 제대로 힘을 쓸 수가 있다.

그런데 한 가지, 그는 자신이 포위망을 뚫은 것인지 아니면 아직도 포위망 안에 있는지 알 수가 없었다.

그가 추격대의 우두머리, 즉 사신이십오령주라면 홍도하를 중심으로 동서남북 이삼백 리 바깥쪽 전체에 포위망을 형성하고 차츰 좁혀올 것이다.

물론 북쪽을 제일 튼튼하게 경계하겠지만 다른 방향도 소홀하지 않을 것이다.

그런데 홍도하에서 동쪽으로 삼백여 리나 오도록 포위망을 발견하지 못하다니 이상한 일이다.

'뭔가 이상하다.'

그런 의구심이 생기긴 했으나 워낙 산이 거대하다 보니까 한편으로는 아직 추격대를 만나지 못했을 수 있다는 생각도 들었다.

'어디 은밀한 곳에서 하룻밤을 지내고 내일 하루를 더 가 보도록 하자.'

추격대가 절대로 찾아내지 못할 만한 곳에 숨어들어서 밤을 보낸다면, 그사이에 포위망이 좁혀들더라도 그냥 지나칠 수 있다.

그게 아니면 내일 날이 밝은 후에 계속 동진하다가 포위망을 좁히고 있는 추격대를 발견할 수도 있다. 그러므로 어쨌든 내일 하루 정도 더 지나보기로 했다.

"추워……."

주소옥이 가냘픈 몸을 떨면서 자꾸만 품속으로 파고드는데 속삭이는 목소리마저 바들바들 떨었다.

쾌도비는 깊이를 알 수 없을 정도의 협곡의 수직으로 깎아지른 절벽에 자연적으로 생긴 작은 동굴 속에서 주소옥을 품에 안고 차가운 돌바닥에 누워 있다.

절벽 위에서 비도쾌로 암벽을 찍으면서 하강하며 이리저리 살피다가 어렵사리 발견한 동굴이다.

절벽 꼭대기에서 무려 삼십여 장 아래쪽이며 그리 깊지 않은 조그만 동굴인데, 입구에 기형적으로 자란 소나무가 한 그루 있어서 동굴 입구를 가려주고 있었다.

이런 곳에 그와 주소옥이 숨어 있을 것이라고는 귀신이라고 해도 찾아내지 못할 것이다.

그런데 불도 피우지 못하는 형편이라서 주소옥이 잠들지 못하고 계속 추위에 떨고 있다.

지난번 구양웅이 봉우리 꼭대기에서 소리를 질렀던 밤에 쾌도비와 주소옥이 자려고 들어갔던 동굴은 이 동굴에 비하면 천국이나 다름이 없다.

그때는 바닥에 마른풀이라도 깔았으며 그리 높지 않은 산이라서 바람도 강하게 불지 않았었다.

그런데 이 근처는 암석지대라서 도무지 바닥에 깔 마른풀을 찾을 수가 없었다.

뿐만 아니라 산이 높은데다 협곡이 어찌나 깊고 넓은지 바람이 거세서 그가 암벽을 타고 내려올 때에도 여러 차례 날려갈 뻔했었다.

그러니 주소옥이 아무리 쾌도비의 품속으로 파고든다고

해도 한겨울 수천 척 높이에 몰아치는 강추위를 견뎌내는 것
은 무리일 수밖에 없다.

쾌도비는 자신이 그녀를 꼭 안아주면 웬만큼 추위를 견딜
수 있을 것이라고 잠시 착각을 했었다.

"으으… 쾌도비… 나 지난번처럼 쓰다듬어줘… 어
서……."

그때 주소옥이 새파랗게 언 얼굴을 들고 캄캄한 어둠 속에
서 쾌도비를 바라보며 와들와들 떨리는 목소리로 간신히 말
했다.

너무 추워서 죽을 것 같으니까 쾌도비가 생각해 내지 못한
것을 그녀가 먼저 생각해 냈다.

그녀가 말하는 쓰다듬어 달라는 것은 지난번에 쾌도비가
그녀를 찬 계류에서 목욕을 시키기 위해 두 손바닥에 공력을
끌어올려서 그녀의 온몸을 문질러서 마찰시켜 몸을 데워줬던
일을 말하는 것이다.

쾌도비는 즉시 공력을 끌어올려서 오른손에 모으고 그녀
의 등을 쓰다듬기 시작했다.

그러나 잠시가 지났어도 주소옥은 여전히 추워서 덜덜 떨
고 있었다.

그녀가 입고 있는 옷이 두꺼운 누비옷이라서 옷 위를 쓰다
듬으니까 손바닥의 열기가 몸까지 제대로 전달되지 않기 때

문이었다.

“아아… 추워 죽겠어……. 안으로 맨살에 해줘…….”

이번에도 그녀가 먼저 신음 소리를 냈다. 목소리가 매우 미약한 것으로 미루어 지독하게 추워서 정신을 잃어가고 있는 것 같았다.

쾌도비는 급히 그녀의 상의를 들추고 안쪽으로 손을 밀어넣고 등을 쓰다듬기 시작했다.

손이 닿은 곳만 열기가 전해지고 여러 번 문질러야 몸이 데워질 만큼 충분한 열기가 스며들기 때문에 조그만 부위라도 놓치는 곳 없이 허리에서부터 등, 양쪽 어깨까지 꼼꼼하게 쓰다듬었다.

“아…….”

일각 정도 지나자 주소옥이 겨우 살 것 같은지 한숨 같은 숨결을 토해냈다.

이어서 쾌도비는 그녀의 양쪽 옆구리와 겨드랑이에 손을 넣어 문질렀다.

손에 갓난아기의 볼처럼 보드랍고 풍만한 젖가슴이 만져졌다. 하지만 이미 여러 차례 그녀의 나신을 온몸 골고루 쓰다듬었던 터라 생소한 일이 아니다.

“아아… 뒤는 됐어……. 이제 앞에 해줘… 앞이 추워……. 그리고 아래도… 아래는 얼어버렸어…….”

쾌도비는 그녀의 몸을 자신의 몸에서 약간 떼어내고 손을 옷 속에 넣은 채 앞으로 향하게 하여 이제는 가슴을 쓰다듬었다.

그는 그제야 새삼스럽게 한 가지 사실을 깨달았다. 남자의 가슴은 탄탄하고도 넓은 반면에 여자의 가슴은 좁으면서 그곳에 한 쌍의 유방 밖에 없다는 사실이다.

그러니 가슴을 쓰다듬는 행위가 곧 젖가슴을 쓰다듬는, 아니, 주무르는 행위가 돼버릴 수밖에 없다.

더구나 어깨가 작고 가녀린 데도 불구하고 매우 큰 젖가슴을 지닌 여자, 바로 주소옥 같은 경우에는 더욱 그럴 수밖에 없다.

익히 알려진 주지의 사실이지만, 여자의 젖가슴이라는 것은 절대 쓰다듬을 수가 없게 되어 있다. 주무를 수밖에는 달리 방도가 없다.

그래서 쾌도비도 그래야만 했다. 더구나 어느 한 부위도 빼놓을 수 없으므로 골고루 열심히 주물렀다.

"아… 좋아……."

주소옥의 얼굴이 발그레해지면서 입에서 달뜬 한숨이 소로록 새어 나왔다.

지독한 추위에 떨다가 몸이 따뜻해지니까 기분이 좋을 수밖에 없는 것이고, 다르게는 남자의 손길이 여자의 은밀한 성감대를 주무르니까 기분이 좋은, 즉 쾌감을 느끼는 것일 수도 있다.

"아아……."

쾌도비의 손이 아래로 내려와서 배를 쓰다듬자 주소옥은 또다시 신음을 토했다.

그의 손은 한시도 쉬지 않고 다시 뒤로 가서 그녀의 바지 속으로 들어가 토실토실한 둔부를 쓰다듬었다.

정말 얼음처럼 땡땡하게 얼어 싸늘했던 둔부였으나 그가 열심히 쓰다듬으니까 오래지 않아서 부드럽고 따스해지면서 본래의 탄력을 되찾았다.

그는 약간 몸을 굽혀서 손을 길게 뻗어 둔부 아래의 허벅지 뒤쪽과 종아리, 발까지 쓰다듬고는 다시 다리의 앞면을 쓰다듬으면서 올라왔다.

"거기가 차가워졌어… 얼음 같아……."

허벅지 안쪽을 쓰다듬을 때 그녀가 발그레한 얼굴로 눈을 감고 한숨처럼 중얼거렸다.

"어디 말이오?"

"거기… 오줌 누고 똥 누는 곳……."

그녀는 이 세상에서 오직 한 사람 쾌도비에게만은 부끄러움을 모르는 것 같았다. 더구나 지금은 그런 것을 느낄 때가 아니다.

하긴 온몸이 골고루 따뜻해졌는데 그 부위만 얼음처럼 차가운 것도 견딜 수 없는 일이다.

쾌도비의 커다란 손이 옥문으로 다가가자 자동적으로 그녀의 다리가 벌어졌다.

그 부위는 너무 협소해서 그의 커다란 손이 진입할 수가 없기에 손가락으로 대신했다.

천천히 그리고 부드럽게 오랜 시간을 두고 정성스럽게 쓰다듬었다.

그는 오로지 그녀의 옥문이나 항문, 자궁이 꽁꽁 얼어서 나중에 잘못되는 일이 없도록 하려는 진심인 것이지, 추호라도 흑심을 품고 있다면 천벌을 받을 일이다, 라고 스스로를 다독였다.

지금쯤 그녀의 등이 다시 차가워졌을 것 같아서 다시 손을 그녀의 등으로 옮겨 쓰다듬었다.

"아아… 좋아… 아주 좋아……. 계속해……."

이제 온몸이 골고루 따뜻해진 주소옥은 그의 가슴에 얼굴을 묻고 졸린 목소리로 중얼거렸다.

그러다가 잠시 후에 그녀는 조금 차가워진 목소리로 다시 입을 열었다.

"이놈아, 너의 그 괴물 같은 것을 작게 만들지 않으면 비도쾌로 잘라 버리겠다."

“……”

쾌도비는 움찔 몸이 굳으면서 등을 쓰다듬던 손까지 멈추었다. 그리고는 자신의 음경이 터질 듯이 단단해져 있는 것을 그제야 깨달았다.

언제부터 그 지경이 됐는지 그조차도 까맣게 모르고 있었다. 하기야 이토록 아름답고 또 절륜한 육체를 마음껏 주무르고 있으니 피가 펄펄 끓는 그의 몸이 반응을 하지 않으면 그게 오히려 이상한 일이다.

“무엄한 놈, 지금 네놈의 미친 괴물이 어딜 찌르고 있는지 아느냐?”

그녀가 눈을 감은 채 그의 가슴에 입술을 대고 다시 한 번 차디차게 말했다.

그의 음경은 그녀의 은밀한 부위를 뚫어버릴 듯이 강하게 찌르고 있었다.

“셋을 셀 동안 작게 만들지 않으면 정말 잘라 버리겠다.”

그러나 그녀는 구태여 하나마저도 셀 필요가 없었다. 그녀의 그 말이 끝나기도 전에 쾌도비의 미친 괴물은 원상태로, 아니, 그보다 훨씬 더 작게 쪼그라들었기 때문이다.

혈기왕성한 그는 언제나 새벽녘이면 음경이 크게 발기하여 그것이 수그러들려면 최소 반 시진은 소요됐었다.

그런데 주소옥의 한마디 엄포에 즉시 움츠러들었으니 그

녀가 무섭긴 무서운 모양이었다.

"음, 나는……."

쾌도비는 머쓱해져서 뭔가 변명을 해야 할 필요를 느꼈다.

"공주를 여자로 여기지 않소."

"당연히 그래야지. 조금이라도 서툰 짓을 했다간 너는 내 손에 죽는다."

그 순간 쾌도비는 자신이 아리따운 절색미녀를 안고 있는 것이 아니라 마녀를 안고 있는 듯한 착각이 들었다.

마침내 올 것이 오고 말았다.

쾌도비는 딱! 하고 나뭇가지 부러지는 미약한 소리에 귀가 번쩍 뜨이며 잠이 확 달아났다.

강한 바람에 가느다란 나뭇가지가 부러질 수도 있지만, 그 소리와 사람이 발로 밟아서 나뭇가지를 부러뜨리는 소리는 다르다.

쾌도비는 그것을 능히 구분할 수 있다. 방금 들은 것은 절벽 위에서 누군가 나뭇가지를 발로 밟아서 부러뜨린 소리가 분명했다.

드디어 추격대가 여기까지 온 것이다. 홍도하에서부터 추격해 온 무극칠령과 칠십오륙 명의 살수인지, 아니면 새롭게 투입되어 동쪽에서부터 좁혀들고 있는 추격대인지는 알 수가 없다.

그는 주소옥의 온몸을 쓰다듬다가 자신도 모르게 잠이 들었는데 그의 손은 그녀의 풍만한 젖가슴을 부드럽게 움켜쥔 상태에서 정지해 있었다.

주소옥은 아무것도 모른 채 새근새근 잘 자고 있었다. 그러나 쾌도비는 추격대가 그녀의 숨소리를 감지할 수도 있을 것이라고 생각했다.

절벽 위에서 삼십여 장 아래의 동굴 속이지만 일류고수 정도라면 숨소리 정도는 능히 감지할 수 있다.

그는 그녀의 젖가슴을 놓고는 자신의 품속에 손을 집어넣었다. 품속에는 위기상황에 사용하려고 항상 넣고 다니는 한 움큼의 솔잎이 들어 있는데, 그중에 하나를 골라서 손에 쥐고 그녀의 상체로 가져갔다.

그때 그녀가 가만히 눈을 뜨고 그를 바라보았다. 그가 뒤척거리니까 깬 모양이다.

[아무 말도 하지 마시오.]

쾌도비의 전음에 그녀의 눈이 동그랗게 커졌다. 이처럼 겁먹고 또 순진한 얼굴이 어젯밤에는 그의 음경을 잘라 버리겠다고 엄포를 놓았다고는 믿어지지 않았다.

[공주를 잠시 가사상태로 만들 것이오.]

그는 지난번에 주소옥에게 솔잎을 던졌다가 그녀를 가사

상태에 빠뜨린 적이 있었다.

그 수법이 바로 사명대법이며 그것을 시술할 수 있는 사람은 의술이 신의 경지에 이르러야만 한다.

그렇지만 쾌도비는 그런 것은 전혀 모르고 다만 솔잎처럼 가느다란 침으로 주소옥의 오른쪽 유두 한가운데를 정확하게 일 촌 오 푼의 깊이로 찌르면 가사상태에 빠진다고만 알고 있을 뿐이다. 그것은 한 차례 경험에 의한 것이지 지식이 아니다.

그리되면 그녀는 온몸의 기능이 정지되어 숨조차 쉬지 않을 것이며 추위도 느끼지 못할 것이다.

주소옥은 그를 빤히 바라보며 눈을 깜빡거렸다. 말을 하지 말라고 하니까 못하지만 그녀의 눈빛은 그를 깊이 신뢰하고 있음을 전해주었다.

슥…….

그는 지체 없이 그녀의 앞섶을 열고 오른쪽 젖가슴이 드러나게 했다.

얼마 전에 그녀에게 혈도에 대해서 배운 바에 의하면 그녀의 오른쪽 유두 한가운데는 유중혈(乳中穴)이다. 그곳이 바로 그녀의 사명혈이다.

그는 잡티 한 점 없는 눈부시게 희고 뽀얀 젖가슴을 왼손으로 부드럽게 모아 쥐어서 유방이 뾰족하게 되면서 유두가 더욱 돌출되도록 만들었다.

주소옥은 자신의 오른쪽 젖가슴을 그가 왼손으로 그러잡는 것을 보고 번뜩 깨달아지는 것이 있었다.

그는 방금 그녀를 가사상태에 빠뜨리겠다고 말했는데, 그렇다면 그녀의 사명혈이 오른쪽 유두이며 지금 그는 사명대법을 전개하려는 것이다.

혈도와 의술에도 정통한 그녀는 사명대법이 무엇인지 또한 그것의 위험성에 대해서도 잘 알고 있다.

사명혈에 정확한 위치와 깊이로 침을 꽂지 못하면 그녀는 죽거나 폐인이 될 수도 있다.

또한 그 침을 뽑지 않는 한 그녀는 가사상태에서 깨어나지 못할 것이다.

그녀는 지금까지 자신의 사명혈이 어디인지 모르고 있었다. 사람마다 사명혈의 위치가 제각각 다르기 때문에 의술서를 봐서도 알 수가 없다.

그런데 쾌도비가 그녀의 사명혈이 유중혈이라는 사실을 알고 있다는 것이 신기했다.

쾌도비는 오른손 엄지와 검지로 쥔 솔잎을 들어 올려 그녀의 유두로 가져갔다.

슥…….

그때 갑자기 주소옥이 입술을 도톰하게 만들어 그의 입술에 입맞춤을 했다.

왜 갑자기 그녀가 입맞춤을 하는 것인지 그로서는 짐작조차 할 수가 없다. 눈을 꼭 감고 있는 그녀의 속눈썹이 유난히 길게 보였다.

쾌도비는 손가락 끝으로 유두를 더듬어 한가운데를 가늠하고는 그곳에 솔잎을 지그시 찔러 넣었다.

'아……'

그러자 주소옥의 눈이 번쩍 떠지면서 입이 벌어졌다. 쾌도비는 그녀가 비명이나 신음을 터뜨리려는 것이라 여기고 즉시 자신의 입으로 그녀의 입을 덮었다.

이제 보니까 그녀는 사명혈에 침을 찔리는 순간 비명을 지를지도 모른다는 생각에 자신의 입술을 쾌도비의 입술에 밀착시켰던 것이다.

그 상태에서 쾌도비는 솔잎을 조금씩 깊이 찔렀다. 일 촌 오 푼의 깊이는 눈으로 보면 오히려 헷갈릴 수가 있지만 감으로 찌르면 더욱 정확하다.

쾌도비의 입으로 덮은 그녀의 입속 목구멍에서 끄르륵…하는 소리가 흘렀다.

그러더니 그녀는 곧 몸이 축 늘어지면서 눈을 감는데 동공이 풀어지면서도 쾌도비에게서 시선을 떼지 않았다. 그러더니 곧 깊은 가사상태에 빠졌다.

　쾌도비는 그녀가 호흡은 물론 심장도 뛰지 않는다는 것을
확인했다.

　어쩌면 그녀가 이대로 죽은 것일 수도 있고 사명대법에 빠
진 것일 수도 있다.

　그러나 확인해 볼 수는 없다. 그는 그녀를 품에 깊이 안고
밖의 동정에 귀를 기울였다.

第二十七章

번연개오(幡然開悟)
—모르던 것을 문득 깨닫다

쾌도비의 긴장은 극에 달했다.

절벽 위에 여러 명이 모여 있는 기척을 감지했는데 그들이
꽤 시간이 흘러도 떠나지 않고 있어서 대체 무엇을 하고 있는
지 궁금하기 때문이다.

그렇지만 그들이 내는 흐릿한 기척만으로는 아무것도 짐
작할 수가 없다.

그들은 아무래도 절벽 위를 살피고 있는 것 같았다. 쾌도비
는 흔적을 남기지 않으려고 최대한 노력했으나 그는 신이 아
니다.

그러므로 전문적인 추적자들이 살펴본다면 흔적을 발견해
낼 수도 있다.

‘암벽에 찍힌 비도쾌 자국…….’

그게 마음에 걸렸다. 그는 주소옥을 업고 비도쾌로 단단한
암벽을 찍으면서 절벽을 내려와 이곳 동굴로 들어왔었는데
암벽에 비도쾌 자국이 남아 있다.

그들이 그것을 발견하고, 쾌도비와 주소옥이 동굴 속에 있
는 상태에서 발각된다면, 어떻게 해볼 수도 없이 죽음을 당하
고 말 것이다.

원래 그는 생각을 짧게 하고 결단을 빨리 내리지만 지금은
그것이 더 절실하게 필요할 때다.

‘그 방법뿐이다.’

그는 곧 결단을 내렸다. 그가 혼자 이곳을 빠져나가 절벽
위에 있는 자들을 다른 곳으로 유인하려는 것이다.

주소옥을 업고 나가는 것은 위험하다. 추격대를 유인하려
면 빠른 경공이 필요한데 그녀를 업고 있으면 속도가 늦어질
수밖에 없다.

또한 그들의 공격에 그녀가 다치거나 죽을 수도 있다. 기왕
지사 그녀를 가사상태로 만들어놓았으니까 이대로 얼른 나갔
다가 돌아오면 될 일이다.

그는 시체처럼 뻣뻣해진 주소옥을 조심스럽게 품에서 떼

어내서 바닥에 눕힌 후에 오른쪽 유두에 꽂혀 있는 솔잎의 돌출된 부분을 조금만 남겨놓고 잘라 버렸다. 그리고는 앞섶을 잘 여며주었다.

'곧 돌아오겠소.'

그는 동굴 입구에서 한쪽 눈만 살짝 내밀고 위쪽을 살피다가 아무도 절벽 아래쪽을 내려다보지 않는 것을 확인하고는 즉시 동굴에서 빠져나와 옆으로 이동했다.

비도쾌로 암벽을 찍으면 미세한 소리가 나기 때문에 맨손으로 암벽의 좁은 틈새나 돌출한 부분을 잡으면서 동굴 입구에서 수평으로 조금씩 왼쪽으로 그러나 최대한 빠르게 이동해 나갔다.

그러는 동안에도 절벽 위에서의 기척은 계속 감지되고 있었으며 추적자가 아까보다 더 많아진 것 같았다.

동굴 입구에서 수직으로 절벽 위쪽은 십여 장 폭의 널따란 공터고 좌우가 숲이었다.

그래서 쾌도비는 왼쪽으로 칠팔 장쯤 이동했다가 숲으로 올라서려는 것이다.

그는 한동안 왼쪽으로 이동하다가 동굴 입구의 소나무를 쳐다보고 십여 장이나 왔다는 것을 확인하고는 거기에서 위로 오르기 시작했다.

맨손으로 암벽의 틈새를 더듬어 찾아서 손가락을 틀어박

거나 약간 돌출된 부위를 역시 한두 개의 손가락으로 지탱하는 것은 매우 어렵고 힘들다.

오른손은 끄떡없는데 왼손은 엄지를 제외한 네 손가락이 모두 터지고 피가 흘렀다.

동굴 입구에서 왼쪽 수평으로 십여 장을 이동하는 것도 힘들었으나, 그곳에서 위로 삼십여 장이나 올라가는 것은 배나 힘들고 어려웠다.

피투성이가 된 왼손은 놔두고 거의 오른손만 사용하면서 쉬지 않고 위로 올라갔다.

"……!"

꼭대기를 삼 장쯤 남겨놓았을 때 갑자기 절벽 위 휘늘어진 나뭇가지 사이로 하나의 검은 인영이 불쑥 나타나더니 아래를 굽어보았다.

쾌도비는 움찔 놀라서 암벽에 찰싹 달라붙으면서 오른 손가락으로 잡고 있던 암벽의 틈새를 왼 손가락으로 재빨리 바꿔 잡고 오른손으로 품속의 솔잎 몇 개를 꺼냈다.

절벽 위의 검은 인영은 한 명의 흑의인이었다. 그는 절벽 아래쪽을 살피고 있는데, 삼 장 아래 약간 움푹 들어간 곳에 매달려 있는 쾌도비를 아직 발견하지 못했지만 발견하는 것은 시간문제일 것 같았다.

쉭!

솔잎 세 개가 아래에서 위로 허공을 갈랐다.

파팍!

"흐윽!"

경황 중이라서 제대로 겨냥하지 않고 힘껏 던지기만 했는데 솔잎 세 개가 흑의인의 콧등과 턱, 목에 꽂혔다가 그대로 관통하여 뒤로 빠져나갔다.

흑의인이 어느 정도의 고수인지는 모르지만 전혀 예상하지 못했던 방향에서 쾌도비가 무적의 오른팔로 던진 솔잎을 피할 수는 없었다.

흑의인은 헛바람을 들이켜고 상체가 기우뚱 앞으로 기울더니 추락했다.

휘이…….

흑의인이 쾌도비의 옆으로 빠르게 스쳐 지나 추락할 때 그는 암벽 틈새를 잡고 있는 왼 손가락이 떨어져 나갈 것 같아서 급히 오른 손가락으로 바꿔서 잡았다.

아니, 바꿔 잡는 순간 오른팔에 힘을 주어 힘껏 위로 솟구쳐 올랐다.

슉―

방금 솔잎에 적중되어 추락한 흑의인이 지른 신음 소리를 듣고 그의 동료들이 몰려들 테니까 서둘러야 한다. 절벽에 매달린 상태에서 적들을 맞이하는 것은 죽는 것이나 다름이 없는 일이다.

그런데 경황 중에 오른팔에 너무 힘을 주어 당겨서 몸을 끌어올리는 바람에 그의 몸이 절벽 위보다도 삼사 장이나 더 솟구쳐 올랐다.

그곳 절벽 위에는 키 큰 나무가 무성했는데, 그는 나무들의 중간 정도까지 불쑥 솟구쳐 오르면서 재빨리 공터 쪽을 살피는 것과 동시에 천근추(千斤錘)의 수법을 발휘하여 아래로 쑥 하강했다.

공터에 있는 여러 명의 흑의인이 방금 들린 신음 소리 때문에 이쪽을 쳐다보고 있는 광경을 빽빽한 나무 사이로 얼핏 발견한 쾌도비는 바닥에 내려서자마자 그들의 반대 방향인 왼쪽으로 달렸다. 그들이 자신을 추격할 것이라고 판단한 것이다.

"헛!"

왼쪽으로 방향을 잡자마자 달리려던 그는 얼마나 놀랐는지 다급한 헛바람 소리를 토해내고 말았다.

그는 공터 쪽에만 정신을 팔고 있었지 이곳 숲에는 전혀 신경을 쓰지 않았었다.

그런데 그가 달려가려고 했던 왼쪽은 물론이고 정면과 공터가 있는 오른쪽에도 흑의인들이 모여 있다가 땅에 내려서고 있는 그에게 소리 없이 접근하고 있었다. 그는 그것을 뒤늦게 발견하고 놀랐던 것이다.

스스승!

쐐애액!

대충 잡아도 십오륙 명은 될 듯한 흑의인이 절벽 쪽을 제외한 세 방향에서 발검을 하는 것과 동시에 쾌도비를 공격해 왔다.

쾌도비로서는 적들과의 거리가 너무 가까워서 창룡도를 뽑을 겨를도 없다.

품속에 비도쾌와 솔잎이 한 움큼 있지만 그것을 꺼낼 여유마저도 없다.

더구나 이들의 발검과 검법은 그가 지금까지 봐왔던 것과 크게 다르다.

발검을 하는데 소리가 거의 나지 않았으며, 찌르고 베어오는 공격 수법이 간명하면서도 악랄하기 짝이 없다.

'살수다!'

하지만 무극칠령이 이끌고 있던 칠십오륙 명의 살수하고는 복장이 사뭇 다르다.

이들은 무극칠령이 날린 전서구를 받은 사신이십오령주가 보낸 다른 살수가 분명하다.

껑!

그는 머릿속으로는 생각을 하면서 오른쪽에서 머리를 향

해 그어오는 검을 오른팔을 들어 막았다.

퍼퍽!

그가 오른팔에 공력을 일으켰기 때문에 오른팔에 부딪친 검이 부러진 것은 물론이고, 부러진 검을 통해 무지막지한 반탄력이 뿜어져서 흑의인의 오른팔과 목, 얼굴을 통째로 터뜨려 버렸다.

그러나 세 방향에서 그를 향해 쏟아지고 있는 공격은 무려 열두 개다.

그 중에 하나를 와해시켰을 뿐이니까 열한 개의 공격이 남아 있으며, 그것들이 여전히 삼 면에서 그의 온몸을 노리고 지척까지 쇄도해 오고 있다.

그의 오른손에는 미증유의 공력이 축적되어 있으나 오른손으로 전개할 수 있는 초식은 아무것도 없다. 다만 엄청난 공력을 뿜어낼 수 있으며, 지금으로썬 믿을 것이 오로지 그것뿐이다.

그는 제자리에서 팽이처럼 빙그르 회전하면서 오른팔을 앞으로 뻗어 공력을 최대한으로 뿜어냈다.

부아악—

순간 오른손에서 매우 흐릿하면서도 투명한 기운이 일 장이나 뿜어져서 휘둘러졌다.

일전에 그가 처음으로 만났던 무극사신, 즉 무극팔령을 이

장 거리에서 오른 주먹으로 뿜어낸 기운을 복부에 관통시켜
서 죽였을 때 무극팔령은 그것을 권풍이라고 착각했었다.

그러나 나중에 무극팔령의 시체를 회수한 사신이십오령주
가 시체를 살피고 나서 강기에 적중당해 죽었다는 결론을 내
렸었다.

지금 쾌도비가 오른손으로 뿜어낸 투명한 무형기운은 권
풍 따위가 아닌 강기인 것이다.

하지만 그 자신은 그것이 강기인지 모르고 있다. 그저 자신
이 가장 자랑하는 힘이라고만 알고 있다.

길이 일 장으로 뿜어진 투명한 강기는 그가 팽이처럼 회전
함에 따라서 사방 일 장을 허리 높이로 훑으며 모조리 잘라
버렸다.

콰아아―

공격해 오던 열한 명의 흑의인은 모두 일 장 반경 안에 있
었고, 그들은 제각각 공격의 자세를 취하고 있다가 순식간에
몸이 두 동강 나서 와르르 땅에 허물어졌다.

무려 일 장 길이의 천하명검으로 휘두른 것이나 다름이 없
으므로 나무든 사람이든 잘라지지 않는 것이 없었다.

최초에 죽인 한 명을 포함해서 눈 깜빡할 사이에 열두 명의
동료가 죽어 자빠지자 일 장 바깥쪽에서 쇄도하던 흑의인들
은 일순 멈칫했다.

쉬익!

그 순간 쾌도비는 왼쪽으로 방향을 틀어 달리기 시작하면서 왼손으로 어깨의 창룡도를 뽑았다.

물론 왼쪽에도 흑의인들이 있었다. 사실 그들은 사신이십오령주가 동원한 호남성 혈혼곡의 살수, 즉 혈혼살수이며, 백명이 이곳에 왔다.

혈혼살수는 추적술의 달인이다. 천하에서 그들이 추적하지 못하는 것은 없다는 소문이 자자했다.

하긴 혈혼곡이 강호십대살수집단에 꼽히는 데에는 다 그럴만한 이유가 있다.

쾌도비는 왼쪽으로 돌진하면서 전방에 서 있는 다섯 명의 혈혼살수를 향해 창룡도를 휘둘러 쾌도식을 전개했다.

혈혼살수들은 방금 전에 쾌도비가 전개한 가공한 강기 공격을 목격했던 터라서 너무 놀라 잠시 엉거주춤 서 있다가 그의 쾌도식 공격을 받았다.

만약 쾌도비에게 무적의 오른팔이 없었다면 그는 혈혼살수 한 명과 일대일로 싸워서 반 수 정도 우위를 차지할 수 있을 것이다.

혈혼살수들은 각자가 일류고수이면서 거기에다 살수 고유의 여러 특출한 기술과 재주를 지니고 있으니 그것들을 사용하면 쾌도비하고 막상막하를 이룰 수 있다.

파팍!

"끅!"

"캑!"

왼쪽 다섯 명의 혈혼살수는 엉거주춤 서 있다가 두 명이 쾌도식에 목이 잘려서 죽었으나 나머지 세 명은 화들짝 놀라 피했다.

일단 앞이 트이자 쾌도비는 전력으로 비조행을 전개하여 달리기 시작했다.

될 수 있는 한 동굴이 있는 곳에서 멀리 달아나서 혈혼살수들을 유인해야 한다.

그런데 달리는 데 정신이 팔려서 쾌도비가 미처 보지 못한 것이 있었다.

그의 뒤쪽에서 밤하늘로 쏘아 올랐다가 오십여 장 높이에서 터지는 폭죽, 즉 신호탄이다.

일각 후 쾌도비는 동굴이 있는 절벽에서 남쪽으로 십 리쯤 떨어진 곳에 멈추었다.

혈혼살수들을 더 멀리 끌어내고 싶었으나 더 이상 갈 수 없는 상황에 처하고 말았다.

이곳에는 혈혼살수들만 온 것이 아니었다. 혈혼살수들은 사냥개처럼 쾌도비와 자봉공주의 흔적을 뒤쫓았고 그 뒤를 여러 방파와 문파의 고수들이 따르고 있었다.

지금 쾌도비의 앞을 막아선 고수들이 바로 그들이다. 그리고 뒤에서는 혈혼살수들이 추격하고 있다.

그가 갑자기 출현하여 앞을 가로막은 수십 명의 고수 때문에 잠시 멈칫하는 사이에 수백 명의 고수가 그를 에워싸기 시작했다.

이곳에는 일개 무사들은 오지 않았다. 사신이십오령주는 고수들만을 엄선하여 보냈다.

휘익!

쾌도비는 잠시 멈칫했다가 다시 달리기 시작하며 창룡도를 치켜들어 쾌도식을 전개했다.

그를 막아선 고수들은 그를 처음 보는 터라서 그가 오른팔로 강기를 뿜어내는 가공한 절기를 보지 못했다.

그래서 추호도 겁을 먹지 않고 사방에서 파도처럼 덮쳐들며 공격을 퍼부었다.

쏴아아—

한꺼번에 자신을 향해 쏟아지는 도검이 삼십여 자루에 이르는 것을 보고 쾌도비는 본능적으로 창룡도를 왼손에서 오른손으로 바꿔 잡았다.

오른손으로는 초식을 전개할 줄 모르지만 공력을 뿜어내면 어떻게든 될 것이라는 막연한 생각이다.

왼손으로 쾌도식을 전개해서는 이 많은 고수들 속에서 빠져나가지 못한다.

일단 그는 오른손의 창룡도로 다수의 적을 상대할 때 유리한 쾌도식의 제오변을 전개하며 공력을 있는 힘껏 분출해 보기로 했다.

키아앙—

창룡도에서 괴이한 도명(刀鳴)이 터져 나왔다. 마치 창룡의 울음소리 창룡후(蒼龍吼) 같았다.

한 번도 그런 소리를 내지 않았던 창룡도가 엄청난 공력을 주입하니까 비로소 자신의 목소리를 찾은 것 같았다.

그러나 창룡도는 창룡후만 포효하는 것이 아니다. 창룡도에서 검고도 푸르스름한 강기, 즉 도강이 일 장이나 길게 뿜어져서 쾌도식 제오변을 쏟아냈다.

그것은 창룡이 입으로 뿜어내는 불길 같았다. 창룡도가 검고 푸른색이기에 그것을 통해서 뿜어지는 도강도 그런 색을 띠고 있었다.

쾌도비가 오른손으로는 생전 처음 전개하는 쾌도식이라 서툴기 짝이 없지만 그것이 쏟아내는 무시무시한 도강은 결코 서툴지 않았다.

거의 넉 자 길이의 창룡도와 일 장 길이의 도강이 합쳐진 일 장 넉 자의 칼날과 도강은 쾌도비가 공격하는 방향에서 공격해 오던 십여 명을 한꺼번에 휩쓸어 버렸다. 그것은 누구도 피하지 못하는 태풍 같았다.

콰드드득!

적들의 몸뚱이와 도검과 주위의 나무들이 한꺼번에 잘라지고 부서지는 소리가 산악이 무너지는 것처럼 터졌다.

쾌도비는 오른손으로 서툴지만 가공할 쾌도식을 펼치면서 계속 전진했다.

정확도 면에서 왼손으로 전개했을 때 십(十)이라고 한다면 오른손은 삼이나 사 정도 밖에 되지 않았다.

그러나 왼손의 위력이 십이라고 가정했을 때 오른손의 위력이 무려 십만(十萬)쯤 되기 때문에 정확도가 떨어진다고 해도 그 주변을 아예 쑥밭으로 짓뭉개 버리니까 지금으로썬 그 방법이 최적이다.

단 한 차례의 공격에 적 십여 명을 죽였으나 그 잠깐 사이에 몰려든 적들은 그보다 열 배는 더 많았다. 게다가 적들은 계속 꾸역꾸역 몰려들고 있는 중이다.

적들은 쾌도비가 전개하는 도강 같은 것을 한 번도 본 적이 없었기에 혼비백산했다.

쾌도비가 단지 세 번 공격했을 뿐인데 그의 주위에는 몸통과 팔다리가 마구 잘려진 삼십여 구의 목불인견의 끔찍한 시체가 어지럽게 흩어졌다.

적들의 얼굴에 먹구름처럼 공포가 드리워졌다. 그들은 감히 쾌도비를 공격하지 못하고 주춤거렸다.

그러나 그들은 주춤거릴 뿐 도망치지 않았으며 주춤거림도 잠깐이고 곧이어 벌 떼처럼 쾌도비의 사방에서 소나기 같은 공격을 퍼부었다.

좌아아―

그들에게 지금처럼 죽음을 도외시하도록 조종한 자는 사신이십오령주다.

그는 자신이 동원한 모두에게 선포했다. 자봉공주를 호위하고 있는 자, 즉 쾌도비의 몸에 상처를 입히는 사람은 은자 십만 냥을, 죽이는 사람은 은자 백만 냥, 그리고 자봉공주를 죽이면 은자 오백만 냥, 그녀의 수급을 가져오면 은자 천만 냥을 상금으로 내걸었다.

돈은 귀신도 부릴 수 있다는 말이 있다. 세상에서 가장 위력적인 것은 최강의 무공도 뭣도 아니고 바로 돈이다. 무공은 사람을 행복하게 해주지 못하지만, 돈은 원하는 것이라면 뭐든지 갖게 해준다.

쾌도비의 몸에 단지 작은 상처를 하나만 내도 은자 십만 냥을 받을 수 있는데 눈에 불을 켜고 미치지 않을 자가 어디에 있겠는가.

키와앙―

창룡도가 네 번째 다섯 번째 쾌도식을 연속적으로 전개하
여 또다시 십칠 명을 한꺼번에 죽였으나 상금에 눈이 먼 적들
은 공포심을 느끼면서도 한 치도 물러서지 않고 사방에서 몰
려들었다.

그들은 쾌도비를 죽이는 것까지는 언감생심 바라지도 않
았다. 그저 그의 몸에 상처 하나만 내면 은자 십만 냥을 받을
수 있기에 기를 쓰고 그에게 도검을 그리고 어떤 자는 창과
화살까지 쏘아댔다.

원래 도검을 사용하는 자들이지만 상금 때문에 창과 활을
챙겨 갖고 온 것이다.

은자 십만 냥이면 팔자가 편다. 그들 머릿속에는 그 생각밖
에 들어 있지 않았다.

쾌도비는 전진이 어려워졌다. 앞을 가로막은 채 동료들의
도막난 시체를 넘고 밟으면서 공격해 오는 적들은 이미 사람
이 아니라 야차(夜叉)로 변했다.

그래서 쾌도비는 한차례 쾌도식을 전개하고는 잘해야 이
삼 장쯤 달리다가 멈춰야만 했다. 그는 철저하게 인의 장벽에
갇혀 버렸다.

적들을 죽이지 않으면 그 자리에서 한 발도 전진할 수 없게
돼버렸다.

그러나 더 중요한 것은 전진이 아니라 살아남는 것이라는

사실을 그는 곧 깨달았다.

그가 한쪽 방향을 공격할 때면 다른 방향이 비어 있게 된다. 말하자면 전진하면서 창룡도를 휘두르면 등 뒤에 허점이 생기는 것이다.

그가 신이 아닌 이상 공격과 방어를 동시에 병행할 수는 없는 노릇이다.

푹!

그가 오른손의 창룡도로 여섯 번째인가 일곱 번째 쾌도식 제오변을 전개하여 일곱 명의 적을 죽인 직후에 왼쪽 등허리가 뜨끔한 것을 느꼈다.

왼손으로 급히 만져보니까 가느다란 작대기 같은 것이 만져졌고 순간적으로 화살에 맞았다는 것을 깨달았다.

작은 화살 한 대의 힘은 대단했다. 그는 갑자기 다리에 힘이 풀리는 것을 느끼고 비틀거렸다.

"내가 맞췄다!"

누군가의 환호성이 들렸다.

푹! 푸푹!

잠시의 비틀거림은 치명적인 상황을 초래했다. 그때 등과 허벅지, 오른쪽 옆구리가 동시에 화끈했다. 도검과 창이 그곳들을 베고 찔렀다. 그에게 상처를 입힌 네 명은 각각 은자 십만 냥씩을 벌었다.

쾌도비가 피를 흘리면서 비틀거리는 모습을 본 적들은 악귀처럼 달려들며 공격을 퍼부었다.

그들은 자신들도 어서 쾌도비의 몸에 상처를 내서 돈을 벌어야겠다는 생각만 했다.

"우아아!"

순간 쾌도비는 본능적으로 그 자리에서 한 바퀴를 회전하면서 맹렬하게 창룡도를 쓸듯이 휘둘렀다.

쿠아아앙!

가장 거센 창룡후와 도강이 밤하늘을 울리면서 악마의 혓바닥처럼 넘실거렸다.

그는 서툰 쾌도식을 전개할 겨를도 없이 그저 오른팔의 공력을 파도처럼 쏟아내면서 미친 듯이 창룡도를 휘두르며 달려 나갔다.

'여기서 벗어나야 한다.'

오로지 그 생각밖에 들지 않았다. 뒤따라 떠오른 생각은 이대로는 절대 죽을 수 없다는 것. 그리고 차디찬 동굴 속에 누워 있는 주소옥의 창백한 모습과 그녀의 마지막 입맞춤이 떠올랐다.

그녀는 단지 솔잎이 유두에 꽂힐 때 신음이 터져 나오지 못하도록 계산된 입맞춤을 한 것뿐인데, 왜 하필 이 순간에 그것이 떠오르는 것인지 모를 일이다.

키아앙! 쿠아앗!

죽지 않으려고 사력을 다해서 쏟아내는 오른팔의 공력은
보도인 창룡도를 통해서 지금까지보다 훨씬 더 가공하게 뿜
어졌다.

아무도 그의 상대가 되지 못했으며 아무도 그의 앞을 가로
막지 못했다.

상금에 눈이 먼 적들은 벌 떼처럼 덮쳐들었다가 강풍에 휩
쓸린 가랑잎처럼 날아가 흩어졌다.

이 순간의 쾌도비는 양떼를 물어뜯어 죽이는 한 마리 늑대
로 변해 있었다.

쾌도비는 주소옥이 있는 동굴로부터 남쪽으로 칠십여 리
나 멀리 왔지만 자신이 얼마나 멀리 왔는지 알지 못했다.

지금 그는 어느 커다란 나무의 아래쪽에 뚫린 구멍 속에 들
어와 숨어 있다.

해가 뜬 지 오래고 이미 늦은 오후가 되었다. 그는 달리면
서 상처를 지혈하여 간신히 피를 멎게 했었고, 그 상처들을
이제야 살필 수 있게 되었다.

그렇지만 네 군데 상처가 모두 몸 뒤쪽에 나 있어서 얼마나
어떻게 상처를 입었는지 육안으로 볼 수가 없으니 답답한 노
릇이다.

등 한가운데는 한 뼘 정도 비스듬히 베였으나 뼈를 다치지는 않았으며, 오른쪽 옆구리는 창에 찔렸는데 가장 상처가 깊었다.

그다음이 왼쪽 등허리에 꽂힌 화살이다. 달리는 중에 거치적거리는 화살을 부러뜨렸지만 아직 화살촉이 등허리 속에 꽂혀 있다. 뼈에 박혀 있는지 움직일 때마다 고통스럽기 짝이 없다.

하지만 아프기로는 왼쪽 허벅지 뒤쪽에 검으로 베인 상처가 견디기 어려울 지경이다.

둔부와 허벅지의 경계 부위인데 가로로 베인 것이 다른 상처 세 개를 다 합친 것보다 더 아팠다.

그러나 그보다 더 큰 문제는 지금으로썬 그가 할 수 있는 일이 없다는 사실이다. 그는 의술에는 깜깜한 문외한이며 지혈 정도 하는 것이 전부다.

그러므로 이렇게 숨어서 한숨 돌릴 여유가 생겼어도 늘 지니고 다니는 금창약을 상처에 문지르는 것 외에는 할 것이 없다.

왼쪽 등허리에 꽂힌 화살촉은 뽑지 않고 내버려 두었다. 화살촉은 미늘이 크기 때문에 들어갈 때는 잘 꽂혀도 여간해서는 잘 뽑히지 않는다.

힘을 줘서 뽑으면 원래 입은 상처보다 두세 배 더 큰 상처를 만들 뿐이다.

그러나 문제는 그게 아니라 화살촉을 뽑았을 때 피가 콸콸 쏟아지면 감당하기 어렵다.

어렵게 찾아낸 거목의 구멍이지만 이곳에서도 오래 머물 수는 없다.

추격대가 주소옥이 있는 동굴 근처까지 추적할 정도라면 대단한 추적술이므로 이곳도 안전하지 않다.

그는 웅크리고 앉은 자세로 이제부터 어떻게 할 것인지를 궁리했다.

이대로 주소옥에게 돌아갈 수는 없다. 그가 제아무리 조심을 한다고 해도 살수들, 즉 혈혼살수들은 흔적을 찾아내서 추적할 것이 분명하다.

어쩌면 쾌도비가 혼자인 것을 보고 자봉공주가 그 근처에 숨어 있을지 모른다고 판단하여 그 일대를 샅샅이 뒤지고 있을지도 모르는 일이다.

설혹 그렇다고 해도 이렇게 멀리 떨어져 있는 쾌도비로서는 어쩔 도리가 없다. 그녀가 무사하기를 비는 수밖에.

그가 나무의 구멍 안으로 들어온 지 일다경쯤 지났다. 그가 계산하기로는 혈혼살수들이 그를 찾아내는 데 한 시진 정도의 여유가 있을 것 같았다.

그사이에 휴식을 취하면서 뭔가 새로운 방법을 궁리해 내야만 한다.

그는 문득 자신의 오른팔을 굽어보았다. 누나가 창녀라고 손가락질을 받아가면서 온몸을 바쳐 만들어준 무적의 오른팔이다.

지금으로썬 그가 믿을 것은 오직 오른팔뿐이다. 그러므로 오른팔을 어떻게 활용할 것인지에 대해서 생각해 봐야 한다. 그것만이 살 길이다.

그러나 그가 생각해 봐도 오른팔로 쾌도식을 전개하는 것이나 강기를 발출하여 마구잡이로 발출하는 행동은 썩 내키지 않았다.

대단히 위력적이기는 한데 정확도가 현저히 떨어지다 보니까 적을 쓰러뜨리는 것보다는 낭비되는 공력이 훨씬 더 많았다.

발출되는 공력 십 중에서 칠팔은 낭비되고 겨우 이삼으로 적을 죽이는 것이니 낭비도 그런 낭비가 없다.

그는 죽음의 위기에 처하기 전에는 절대 오른팔을 사용하지 말라는 누나의 유언을 철저하게 지켰기에 주소옥을 만나기 전까지는 오른팔로 싸워본 적이 한 번도 없었다.

그렇지만 그도 인간의 몸이라서 오른팔을 계속 사용하다 보면 언젠가는 공력이 고갈되는 상황에 이를 것이다.

그런 불상사가 생기기 전에 오른팔을 제대로 활용할 수 있는 방법을 생각해 내야만 한다.

한동안 미간을 좁힌 채 궁리를 거듭하던 그는 무슨 실마리가 될 수 있을 듯한 것에 생각이 미쳤다.

'오른팔이 무적인 것이 아니라 오른팔에 축적되어 있는 공력이 무적이지 않은가.'

오른팔은 신체의 일부로써 고정되어 있는 것이지만, 거기에 축적되어 있는 공력은 눈에 보이지 않는 것으로써 유동적, 즉 움직일 수 있다는 것이다.

'오른팔의 공력을 왼팔로 옮길 수 있다면?

그는 쾌도식을 처음 배웠던 열 살 때부터 줄곧 왼팔만을 사용했었다.

그러므로 지금부터 오른팔로 쾌도식을 새로 연마하는 것보다 오른팔의 공력을 왼팔로 옮겨서 사용한다면 그야말로 굉장한 위력을 발휘할 것이다.

오른팔은 절대로 사용할 수 없는 것이라고 머릿속에 각인을 시켜놨었기 때문에 지금껏 이런 생각은 한 번도 해본 적이 없었다.

'해보자.'

그는 등을 나무에 기대고 있다가 자세를 똑바로 했다. 그는 얼마 전에 오른팔의 공력을 발로 옮겨 절벽 위에서 힘껏 도약했던 적도 있었다.

그런 식으로 한다면 오른팔의 공력을 왼팔로 옮기는 것도 가능할 수 있다.

지그시 눈을 감고 마음을 가라앉힌 후에 운기조식을 하여 오른팔의 공력을 움직여 보았다.

오른팔의 무궁무진한 공력이 꿈틀거리자 그는 조심스럽게 천천히 어깨로 이끌었다가 공력의 끄트머리를 왼팔로 이동시켰다.

'된다!'

오른팔의 공력이 파도처럼 왼팔로 흘러 들어가자 그는 크게 흥분했다.

왼팔에 공력이 가득 차서 더 이상 들어갈 틈이 없다. 그렇지만 여전히 오른팔에 공력이 남아 있다. 아니, 퍼내지 않고 원래의 용량대로 있는 것 같았다.

하지만 왼팔에도 가득 터질 듯이 공력이 충만하지 않은가. 대체 이것은 무엇을 뜻하는 것이라는 말인가.

'그 정도로 오른팔에 공력이 엄청나게 많다는 뜻일 게다.'

그렇게 결론을 내렸다. 하긴 무려 육백여 명에게서 조금씩 흡수하여 모아둔 공력인데 여북하겠는가.

말하자면 오른팔의 공력은 퍼내도 퍼내도 마르지 않는 샘 같은 것이다.

바로 그때 예기치 않았던 일이 벌어졌다. 왼팔에 밀어 넣었

던 공력이 순식간에 쏟아져 나오더니 다시 오른팔로 원위치
해 버린 것이다.

그것은 마치 팽팽하게 잡아당겼던 활시위를 놓으면 원위
치로 돌아가는 것 같았다.

그는 자신이 왼팔의 공력을 단단히 붙잡고 있지 않았기 때
문에 이런 일이 생겼을 것이라고 생각하여 다시 한 번 시도해
보았다.

그러나 두 번 세 번 시도해 봤지만 결과는 마찬가지다. 오
른팔의 공력을 왼팔에 가득 채워 넣은 후 속으로 셋을 셀 시
간이 지나면 자동적으로 다시 오른팔로 돌아갔다.

그 이유가 무엇인지는 짐작조차도 할 수 없지만 두 가지는
분명해졌다.

오른팔의 공력은 오른팔에만 국한되었다는 것과, 그것을
다른 부위에서 사용할 경우에는 셋을 셀 동안만 가능하다는
사실이다.

그렇게 잠정적으로 결론을 내린 쾌도비는 맥이 탁 풀렸다.
많이 기대를 했었던 만큼 실망이 더욱 컸다.

'그렇다면 위급한 순간에는 오른팔의 공력을 왼팔로 옮겨
서 쾌도식을 전개해야 하는 것인가?'

그렇게 생각했다가 곧 고개를 가로저었다. 원래 싸움이란
아차 하는 순간에 목숨이 왔다 갔다 하는 긴박한 상황인데,

오른팔의 공력을 왼팔로 보내서 쾌도식을 한 번 전개하고 나서는 오른팔로 돌아간 공력을 또다시 왼팔로 끌어오는 번거로움을 계속해야 하다니, 그러다가 목이 열 개라도 남아나지 않을 것이다.

설령 그런 번거로움을 견딘다고 해도 쾌도식을 연속적으로 전개하다가 왼팔의 공력이 갑자기 오른팔로 돌아가 버리면 어쩐다는 말인가.

어쨌든 그런 여러 가지 이유 때문에 왼팔로 쾌도식을 전개하는 것은 불가능하다.

'오른팔의 공력은 오른팔로만 사용해야 한다는 말인가?'

그는 적잖이 낙담하여 다시 등을 나무에 기댔다.

'혹시 오른팔의 공력을 귀로 보내면 더 먼 곳의 기척을 감지할 수 있지 않을까?'

문득 그런 생각이 들어서 한 번 시도해 보았다.

쐐애액!

그런데 그 순간 고막이 찢어질 듯한 날카로운 파공음이 들렸다.

'이것은…….'

다음 순간 뭔가를 깨달은 그는 온몸을 날려서 나무의 구멍 밖으로 튀어 나갔다.

퍼퍼퍼퍽!

그와 동시에 방금 그가 들어가 앉아 있던 나무 아래쪽에 십여 발의 화살이 빼곡하게 꽂혔다.

쾌도비가 바닥을 구른 후에 놀란 얼굴로 쳐다보고 있는 동안 나무는 큰 소리를 내며 부러졌다.

우지직!

第二十八章

전문거호후문진랑(前門巨虎後門進狼)

—앞문으로는 호랑이가, 뒷문으로는 늑대가 압박한다

쾌도비의 예상은 보기 좋게 빗나갔다. 그는 살수들이라고
해도 이곳까지 추적해 오려면 최소 한 시진 이상은 걸릴 것이
라고 예상했었는데, 그런 생각을 하고 나서 얼마 있지 않아
그들이 화살을 쏘았다.

쾌도비는 그들을 과소평가하는 우를 저질렀다. 놈들은 어
디에 숨었는지 보이지도 않는다. 쾌도비가 은둔한 살수를 찾
아내는 것은 쉬운 일이 아니다.

여기까지 추적해 온 것으로 봐서는 살수가 틀림없는데 화
살을 사용하다니 강호에 그런 살수가 있다는 말은 들어본 적

도 없다.

아니, 있다. 그 순간 번쩍 하고 뭔가 그의 뇌리를 스쳤다. 화살을 사용하는 살수에 대해서 언젠가 스치듯 들은 적이 있었다.

'혈혼곡!'

속으로 낮게 부르짖은 쾌도비는 부러진 거목 옆에 나뒹굴어 있는 화살들을 쳐다보았다.

붉다. 화살촉뿐만 아니라 화살대와 깃대까지 온통 핏물에 담갔다가 꺼낸 것처럼 시뻘겋다.

그런 핏빛 화살을 검과 함께 사용하는 살수집단이 있다는 얘기를 들은 적이 있었다.

바로 혈혼곡이다. 강호십대살수집단의 하나이며 살수집단 중에서는 유일하게 핏빛 화살을 사용한다고 했다. 하지만 그것뿐 그 이상은 모른다.

쾌도비는 날카로운 파공음을 듣는 순간 위험하다고 판단하여 거목의 구멍 속에서 튀어나와 우거진 잡목 숲 속의 낙엽 더미에 웅크리고 있다.

빽빽한 잡목 숲이 그의 모습을 어느 정도 가려주겠지만 완전하게는 아니다.

그러나 잡목 숲이 우거져서 최소한 핏빛 화살 공격은 막아줄 수 있을 것이다.

사위는 쥐죽은 듯 고요하다. 거목에 꽂혔거나 주위에 흩어져서 시야에 보이는 핏빛 화살의 수는 열둘이다.

보이지 않는 것까지 쳐도 열다섯 정도일 것이다. 그렇다면 이 근처에 있는 혈혼살수는 열다섯쯤 될 것이다. 그런데도 옷깃조차 보이지 않는다.

그는 아까 혈혼살수들하고 생전 처음 부딪쳐 봤었다. 그때 만약 오른팔을 사용하지 않았으면 그들의 포위망을 뚫지 못했을 것이다.

살수는 막싸움이 아니라 은둔과 추적, 그리고 목적한 표적을 변칙적인 수법으로 암살하는 것이 특기다.

그러므로 혈혼살수들이 지금처럼 은둔한 상태라면 무조건 쾌도비에게 불리하다.

그들이 무슨 수법을 어떻게 전개할는지 모르고, 또 어디에 숨어 있는지도 모르기 때문이다.

그래서 쾌도비는 지금은 일단 이대로 가만히 있는 것이 좋겠다고 생각했다.

지금으로썬 잡목 숲이 좋은 엄폐물이 되어주고 있는데 괜히 이곳에서 나갔다가 혈혼살수 열다섯 명의 집중공격을 받을 것이 분명하다. 그러므로 충분히 어떤 방책을 세운 후에 행동하는 것이 좋다.

다행히 그들은 별다른 행동을 하고 있지 않았다. 아마 쾌도

비가 잡목 숲에서 스스로 나오기만을 기다리고 있는 것 같았
다.

기다림, 끈기는 살수의 덕목이다. 기다림에서는 결국 쾌도
비가 지고 말 것이다.

혈혼살수들은 쾌도비가 무시무시한 강기를 발출하여 혈혼
살수들을 무차별 죽이는 광경을 봤을 테니 함부로 공격하지
는 않을 것이다.

그러나 쾌도비는 이곳이 안전하다고 해도 오래 있는 것은
무조건 좋지 않다고 생각했다. 지금 이 시각에도 혈혼고수들
이 더 모여들고 있을 테고, 다른 고수들까지 떼거리로 도착한
다면 그때는 정말 빼도 박도 못한다. 그전에 무슨 수를 내야
만 한다.

'그렇지.'

그는 조금 전에 오른팔의 공력을 두 귀로 보냈다가 파공음
을 듣고 위기에서 벗어난 것을 생각해 냈다. 엄청난 공력이
청력을 크게 증폭시켜서 쏘아오는 화살 소리를 벼락 소리처
럼 들리게 만들어서 그의 목숨을 살려주었다.

지금 상황에서 혈혼살수들이 어디에 숨어 있는지 감지해
낸다면 그가 먼저 솔잎이나 비도쾌를 던져서 급습을 할 수도
있다.

그것은 잡목 숲에서 무조건 튀어나가는 것보다 훨씬 유리

할 것이다.

그런데 그가 오른팔의 공력을 귀로 보내려고 하는데 갑자기 빽빽한 잡목 사이로 여러 개의 새빨간 점이 보였다.

마치 난데없이 나타난 빨간 벌레들 같았다. 그것들은 핏빛 화살이다. 전방과 좌우의 숲 속에서 화살이 쏘아오고 있는 것이다.

쉬이이…….

파공음도 강하지 않았다. 그저 미풍이 잔잔하게 부는 듯한 나직한 소리와 함께 전방과 좌우에서 도합 아홉 발의 핏빛 화살이 다른 각도를 유지한 채 무서운 속도로 쾌도비를 향해서 날아왔다.

핏빛 화살이 쏘아오는 소리는 이처럼 미약한데 조금 전에는 벼락 소리처럼 크게 증폭시켰던 것이다.

그런데 핏빛 화살이 쏘아오는 음향이 등 뒤에서도 들렸다. 혈혼살수들이 전면에만 있으란 법은 없다.

그들은 포위를 하고 있다가 일제히 화살을 발사한 것이다. 쾌도비를 살상하거나 최소한 잡목 숲에서 끌어내는 것이 목적일 터이다.

승…….

쾌도비는 왼손으로 재빨리 창룡도를 뽑았다. 잡목 숲이 화살의 대부분을 막아주겠지만 몇 발 정도는 그에게 도달할지도 모른다.

그때까지도 그는 잡목 숲에서 벗어나야겠다는 생각은 하지 않았다. 어떻게든 핏빛 화살들을 막을 수 있을 것이라고 낙관했다.

"······."

그런데 그의 예상은 또 어이없이 깨졌다. 그는 자신의 눈앞에서 벌어지고 있는 광경이 착각처럼 여겨졌다.

전방과 좌우에서 쏘아오는 아홉 발의 핏빛 화살이 마치 눈이라도 달린 듯이 한 아름 이상의 두께를 지닌 잡목 사이를 요리조리 피해서 쏘아오고 있는 것이다.

그렇다면 뒤에서 쏘아오고 있는 화살들도 똑같은 신기를 부리고 있을 터이다.

이것이 바로 혈혼살수들이 핏빛 화살을 성명무기로 사용하고 있는 이유다.

파공음도 극히 미약한 데다 도대체 엄폐물을 피해서 목표물을 향해 쏘아가는 화살을 어찌 막거나 피한다는 말인가. 이 핏빛 화살을 강호에서는 혈혼전(血魂箭)이라 부른다는 사실을 쾌도비는 모르고 있다.

앞쪽에서 쏘아오고 있는 화살이 아홉 발이라면 뒤쪽도 비슷할 것이다.

그렇다면 도합 열여덟 발. 그것 모두를 창룡도를 휘둘러서 퉁겨내는 것은 불가능하다.

살수집단 혈혼곡의 핏빛 화살이 왜 그렇게 유명한지 쾌도비는 이제야 알았다.

설명은 길었으나 그가 오른팔의 공력을 귀로 향하게 하려다가 핏빛 화살 열여덟 발이 사방에서 쏘아오는 것을 목격한 시간은 눈 한 번 깜빡이는 찰나지간에 불과했다.

생각보다 행동이 앞섰다. 그는 귀로 보내려던 오른팔의 공력을 두 발로 보내는 것과 동시에 두 발로 힘껏 바닥을 박차면서 수직으로 솟구쳤다.

슈욱!

단 한 번의 도약으로 비단 높이 솟구쳤을 뿐만 아니라 그 속도는 가히 빛 그 자체다.

파파파팍!

그가 있던 자리의 나무 두어 그루가 핏빛 화살 열여덟 발에 집중적으로 적중당해서 벌집이 됐다.

만약 그 자리에 그가 있었으면 나무 꼴이 되고 말았을 것이다. 조금 전 그가 숨어 있던 거목은 핏빛 화살에 집중적으로 두들겨 맞아서 부러지고 말았었다.

눈 깜짝할 사이에 그는 허공 십오 장 까마득한 높이에 도달했다. 엄청난 높이다. 모든 나무와 숲이 그의 아래쪽에 펼쳐져 있었다.

몸이 아래로 하강하기 시작하자 사방에서 다시 열여덟 발의 핏빛 화살이 쏘아왔다.

그는 다시 한 번 오른팔의 공력을 오른발로 보내서 가까운 나무 꼭대기를 박차고 이번에는 더 높이 솟구쳤다가 남쪽을 향해 날아갔다.

핏빛 화살들은 그의 속도를 미처 따르지 못하고 모두 빗나가고 말았다.

쉬이익!

그로서는 이처럼 빠른 속도로, 그리고 이렇게 높은 허공에서 날아간다는 것은 한 번도 경험해 보지 못했던 일이다. 이것은 비조행보다 다섯 배 이상 빨랐다.

그는 연속적으로 발에 공력을 보내 나무를 박차면서 살아 있는 것 중에서 가장 빠르다는 매(鷹)의 속도로 혈혼고수들에게서 순식간에 멀어져 갔다.

숲에서 나온 혈혼고수들은 아스라이 남쪽 하늘로 사라지고 있는 쾌도비를 닭 쫓던 개 지붕 쳐다보는 격으로 멍하니 쳐다보고 있을 뿐이다.

오른팔의 공력은 아무리 써도 바닥이 드러나지 않았다. 과연 얼마나 써야 고갈될지 궁금했다.

쾌도비는 혈혼고수들의 공격을 받았던 곳으로부터 십여

리쯤 날아가서 바닥에 내려섰다.

여기까지 오는 동안 쉬지 않고 오른팔의 공력을 두 발로 보내면서 발로 나무를 박차고 도약을 계속했다. 그렇게 자꾸 하다 보니까 그 행동이 웬만큼 익숙해져서 이제는 허공에서도 중심을 잘 잡고 뒤뚱거리지도 않았다.

이곳은 산세가 부드러웠으며 낮았고 저지대에서 볼 수 있는 나무가 많았다. 그리고 저 멀리 험준하고 높은 산봉우리들이 보였다.

그로 미루어 조금 더 남쪽으로 갔다가는 아예 산을 벗어나게 될 것 같았다.

그의 목적은 추격대로부터 도망치려는 것이 아니다. 추격대를 멀리 유인해서 주소옥을 안전하게 보호하려는 것이므로 그들의 시야에서 벗어나면 안 된다.

또한 날아오는 동안 힘을 무리하게 썼는지 지혈했던 상처들이 터져서 피를 쏟아내고 있었다.

‘이럴 줄 알았으면 공주를 데려오는 건데…….’

후회가 밀려들었으나 이제 와서 후회해도 소용이 없다.

‘그게 아니다.’

가파른 산비탈의 움푹 들어간 곳에 주저앉아 있는 그는 고개를 흔들었다.

만약 주소옥을 업고 있었더라면 그가 입은 네 개의 상처를 고스란히 그녀가 당했을 것이다.

어쩌면 그녀는 이 정도 상처만으로도 죽을 수가 있다. 그걸 생각하면 그녀를 데려오지 않기를 잘했다.

그는 두 팔을 이용해서 다시 상처들을 지혈하고 나서 꼼꼼하게 금창약을 발랐다.

네 곳 모두 뒤쪽에 있는 상처지만 그의 팔은 보통 사람보다 훨씬 길어서 그리 어렵지 않았다.

그는 주소옥이 있는 곳에서 팔십여 리나 멀리 떨어져 있지만 한 번도 그리고 한순간도 그녀를 이대로 버리고 떠날 수도 있다는 생각을 해본 적이 없었다.

그녀를 낙양 천절문에 데려다주겠다고 약속을 했기 때문이 아니다. 그에게 약속 같은 것은 별로 중요하지 않다.

그는 삼 년여 동안 강호를 주유하면서, 아니, 그보다 훨씬 이전에도 사람들과의 약속을 밥 먹듯이 어겼었고 뿐만 아니라 상대의 뒤통수를 친 적도 많았었다.

일부러 그런 것은 아니지만 목적을 위해서라면 약속을 저버리는 것쯤은 다반사였다.

그는 인정하려 들지 않겠지만 그가 주소옥을 버리지 못하는 이유는 우습게도 정(情) 때문이다.

그는 내유외강(內柔外剛)의 성격이라서 호두껍질처럼 단단한 겉을 뚫고 들어가면 속은 매우 부드럽다.

그래서 속으로 깊이 정이 든 사람에게는 목숨을 바칠 만큼 잘 대해준다. 하지만 지금껏 그랬던 사람은 누나 한 사람뿐이었다.

그런데 그는 자신의 성격에 대해서 잘 모른다. 자신이 내유외강의 성격이라는 것은 더더욱 모르고 있다. 그저 자신이 겉도 속도 다 단단하고 무정과 비정으로 똘똘 뭉쳐져 있다고 생각한다.

그가 사람을 사귀지 않으려고 했던 이유는 첫째 귀찮아서고 둘째도 귀찮아서였다.

누나가 죽은 후에 강호를 주유하면서 수많은 사람을 만났으나 정이 든 사람은 아무도 없었다.

그런 것을 보고 그는 자신의 감정이 메말랐거나 무정한 성격이기 때문이라고 생각했었다.

그 생각은 지금도 변함이 없다. 그래서 그는 자신이 주소옥에게 정이 들었다는 생각을 추호도 하지 않는다.

다만 그녀와 굳게 약속을 했으며, 그녀 혼자 낙양까지 가는 것은 불가능하니까 조금 도와주려는 마음에서고, 그녀를 혼자 내버려 두는 것은 어린아이를 강가에 내놓은 것처럼 위험하기 때문에 자신이 이것저것 돌봐주는 것이라고 생각할 뿐이다.

하지만 그러는 것이 바로 '정' 이라는 사실을 그는 모르고 있다. 정을 받아본 적도 줘본 적도 없기 때문이다.

‘우회해서 그녀에게 돌아가자.’

일단 그렇게 결론을 내려놓고서 다음에는 어떻게 할 것인지를 궁리했다.

＊　　＊　　＊

사신이십오령주는 주소옥이 있는 동굴 위 절벽에 방금 막 도착했다.

“그놈이 저기에서 처음 모습을 드러냈다는 말이지?”

“그렇다고 합니다.”

그가 몸을 돌려 한쪽의 숲을 바라보며 묻자 무극이령이 공손히 대답했다.

“자봉공주 없이 혼자였다고?”

“그렇습니다.”

이십오령주는 손으로 턱을 쓰다듬으며 눈을 좁혔다.

“음. 놈이 자봉공주를 감춰두고 고수들을 다른 쪽으로 유인을 한 것인가?”

“제가 보기에도 그런 것 같습니다.”

“혈혼곡은 어떠냐?”

“열네 명이 놈에게 당했다고 합니다.”

"열네 명이나?"

"그것도 눈 깜빡할 사이였다는 것입니다."

이십오령주는 어이없는 표정을 지었다가 답답한 듯 발로 가볍게 땅을 굴렀다.

"빌어먹을! 대체 그자가 누구라는 말인가?"

"다른 방파와 문파의 고수는 육십여 명이 죽었습니다."

"자봉공주를 죽일 수만 있다면 몇 명이 죽든 상관없다."

이십오령주는 혈혼곡을 비롯해서 동원한 모든 방파와 문파의 고수 수만 명을 다 죽이더라도 자봉공주만은 반드시 죽일 각오다.

그때 무극이령이 무슨 소리를 듣고 하늘을 올려다보더니 길게 휘파람을 불었다.

휘이익—

하늘 높은 곳에는 한 마리 매가 맴돌고 있는데 휘파람 소리를 듣고 급전직하 내려꽂혔다. 무극이령이 재빨리 왼팔에 가죽을 대고 들어 올리자 매는 그곳에 앉았다.

강호에서는 대부분 전서구로 비둘기를 이용하고 있지만 팔신궁에서는 매를 쓴다.

매는 길들이기가 무척 어렵지만 일단 길들여 놓으면 비둘기보다 훨씬 빠르고 맹금류라서 다른 새에게 잡아먹힐 염려가 없기 때문이다.

무극이령은 매의 발목에 매달려 있는 전통에서 돌돌 말린 서찰을 꺼내 읽었다.

"놈은 현재 이곳에서 남쪽으로 백여 리 떨어진 곳에서 도주 중이라고 합니다."

"백여 리?"

이십오령주는 고개를 모로 꼬았다. 유인하는 것으로 보기에는 놈이 너무 멀리 갔기 때문이다.

"놈이 도주하는 방향은?"

"남쪽입니다. 계속 가면 삼십여 리 안에서 산이 끝나고 호북성 서남단의 농상현(農祥縣)이 나옵니다."

그렇다면 이건 유인이 아니라 진짜로 도주하고 있는 것일지도 모른다.

유인하는 놈이 그렇게 멀리까지 가서도 계속 남쪽으로 가고 있을 리가 없다.

그렇게 뒤도 돌아보지 않고 결사적으로 도망치고 있다면 이유는 두 가지다.

현재 그놈은 자봉공주와 함께 있는 것이거나 아니면 자봉공주와 결별한 것이 분명하다. 그것 말고는 달리 생각할 것이 없다.

"놈이 분명히 혼자였느냐?"

이십오령주의 목소리가 쨍하고 날카로워졌다.

"혈혼살수들 말에 의하면 혼자였다고 합니다."

"틀림없느냐?"

"정확한 것은 모르겠습니다만… 확인해 보겠습니다."

무극이령는 아까하고는 달리 조금 자신 없는 목소리로 대답했다.

"됐다. 자봉공주는 이곳에 없는 것이 분명하다."

이십오령주는 단호하게 말했다.

"그럼 어디에 있느냐?"

그때 갑자기 나란히 서 있는 두 사람 바로 뒤에서 조용한 목소리가 들렸다.

순간 이십오령주와 무극이령은 좌우로 쫙 갈라져서 몸을 날리는 것과 동시에 뒤돌아보면서 공격할 자세를 잡았다. 당황한 중에도 실로 빠르고도 민첩한 반응이다.

두 사람은 자신들이 서 있던 곳에서 불과 서너 걸음 밖에 떨어지지 않은 곳에 뒷짐을 지고 서 있는 한 명의 청년을 발견하고 움찔 놀랐다.

청년이 누구인지 알아봤기 때문이 아니라 그가 서너 걸음 뒤에 접근하도록 자신들이 까맣게 모르고 있었다는 사실 때문이었다.

청년은 삼십대 초반의 나이에 유생처럼 훤칠하고 단아한 모습이다.

일신에는 깨끗한 청의 유삼을 입었으며 상투를 튼 갸름하고 준수한 얼굴에는 훈훈한 미소가 서렸다.

그러나 이십오령주와 무극이령의 시선은 청년의 오른손에 쥐어져 있는 칠흑색 막대기에 고정된 상태에서 얼굴에는 극도의 경악이 떠올라 있었다.

청년이 쥐고 있는 칠흑색 막대기는 엄지 세 개를 합쳐놓은 듯한 굵기에 둥글고 한 자 정도의 길이였다. 막대기에 구멍이 뚫려 있어서 얼핏 보면 피리나 통소 같았다.

"흑… 창사비(黑槍死秘)……."

무극이령이 이가 시린 듯한 중얼거림을 흘렸다.

흑창사비. 그 이름은 당금 강호에서 가장 유명하고 고강한 여섯 명의 절정고수 중 한 명의 별호다.

강호 누천년의 역사에서 가장 빛나는 이름이 구파일방이라면, 당금 강호를 대표하며 구파일방조차도 한 수 양보하는 이름이 바로 강호십신비, 즉 사신육비다.

사신은 네 개의 문파나 방파이고, 육비는 여섯 명의 고수를 가리킨다.

흑창사비는 바로 육비의 한 명인 것이다. 별호만으로도 삼산오악을 위진시키는 그가 느닷없이 이곳에 나타났으니 이십오령주와 무극이령이 경악하는 것은 당연한 일이다.

흑창사비의 성명무기는 지금 청년이 오른손에 쥐고 있는

한 자 길이의 칠흑색 막대기, 즉 흑창사(黑槍死)다.

이십오령주와 무극이령은 즉시 흑창사비를 향해 허리를 꺾으며 공손히 포권했다.

"용(龍) 대협께서 어인 일이십니까?"

흑창사비의 이름은 용연풍(龍延風)이다. 그는 보는 사람으로 하여금 경계심이 무너지게 만드는 부드러운 미소를 머금은 채 조금 전에 물었던 것을 다시 물었다.

"자봉공주는 지금 어디에 있느냐?"

두 사람은 추운 날씨에도 온몸에 식은땀이 흘렀다. 흑창사비 용연풍은 두 사람이 몸담고 있는 팔신궁의 궁주와 대등한 인물이다.

그런 굉장한 인물이 이런 곳에 무엇 때문에 나타난 것이고, 또 어째서 자봉공주의 행방을 묻는지 모를 일이다.

"용 대협, 그것은 왜 물으십니까?"

그러나 아무리 흑창사비 용연풍이라고 해도 묻는 대로 대답해 줄 수는 없다.

투우…….

용연풍은 대답 대신 품속에서 무언가를 꺼내 손가락으로 가볍게 퉁겼다.

그것은 접힌 종이였으며 이십오령주에게 날아오는 도중에 저절로 펴지더니 그의 손에 슬며시 잡혔다.

이십오령주는 의아한 표정으로 용연풍을 한 번 쳐다보고는 종이, 즉 서찰을 읽었다.

서찰의 내용은 간단명료했다. 용연풍에게 전폭적인 지원을 아끼지 말라는 내용이며, 더욱 놀라운 것은 서찰의 아래쪽에는 수려한 모양의 하늘 '天' 자가 직인(職印)으로 찍혀 있었다. 그것은 팔신궁주가 직접 작성한 서찰이었다.

서찰을 손에 쥐고 있는 이십오령주와 어깨너머로 서찰을 읽은 무극이령은 후드득 몸을 떨었다.

"이젠 말해줄 수 있느냐?"

용연풍이 여전히 부드러운 미소를 지으며 물었다.

"무, 물론입니다. 용 대협."

이십오령주와 무극이령은 무너지듯 무릎을 꿇었다.

*　　*　　*

쾌도비는 산을 내려온 후 자신이 농상현이라는 곳으로 가는 것처럼 보이게 해서 혈혼살수들과 고수들을 산에서 끌어내는 데 성공했다.

이후 그는 농상현 내를 이리저리 돌아다니면서 여러 곳에 흔적을 남겨 혈혼살수들을 혼란에 빠뜨리는 것까지 안배해놓고는 다시 산으로 들어가 주소옥이 잠들어 있는 곳으로 향했다.

혈혼살수들이 속았다는 사실을 깨닫고 다시 흔적을 추적하여 뒤쫓는다고 해도 그들보다 쾌도비가 훨씬 앞설 것이므로 그때는 주소옥을 업고 멀리 달아난 후일 것이다.

비조행을 전개하면서 산속을 전력으로 달리는 쾌도비의 등에는 새 봇짐이 하나 메여 있었다.

농상현에 갔다가 우선 급한 대로 주소옥에게 필요한 몇 가지를 구입한 것이다.

그러면서도 의원에 들러서 자신의 상처를 치료할 생각은 하지 못했다.

그것보다는 주소옥에게 줄 자잘한 것들이 더 필요하다고 여겼기 때문이다.

그가 아까처럼 높이 솟구치면서 동굴로 향하지 않는 이유는 그럴 경우에 다른 사람의 눈에 잘 띄기 때문이다.

그 대신 오른팔의 공력을 두 발로 보내서 지상에서 전속력으로 질주했다.

그렇지만 그는 그러는 것을 곧 멈추어야만 했다. 산에 나무가 너무 많아서 너무 빠른 속도로 가다가는 충돌하기 십상이다.

실제로 몇 차례인가 나무나 바위하고 부딪치기 직전까지

갔다가 위험하다는 생각에 그만두었다.

*　　　*　　　*

흑창사비 용연풍은 사신이십오령주에게 모든 설명을 다 들은 후에 곰곰이 생각하다가 하나의 결론을 내렸다.

그의 생각은 이십오령주하곤 다르다. 우선 자봉공주를 호위하고 있는 인물, 즉 쾌도비가 이런 깊은 산중에 혼자 있었다는 사실을 믿지 않았다.

쾌도비가 자봉공주하고 결별을 했다면 어째서 이처럼 깊은 산속으로 들어왔다는 말인가.

그래서 용연풍은 그가 자봉공주를 보호하기 위해서 추격대를 유인한 것이라고 판단했다.

이후 용연풍이 이십오령주 등과 함께 쾌도비의 행적을 뒤따라 농상현으로 향하고 있을 때 추격대 선발인 혈혼살수들로부터 서찰을 지닌 매가 도착했다.

서찰에는 흔적을 뒤쫓은 결과 쾌도비가 농성현에 들어왔다가 사라졌는데 흔적으로 미루어 다시 산으로 향했을 가능성이 크다는 내용이 적혀 있었다.

용연풍은 쾌도비가 자봉공주를 구하려고 추격대를 유인했을 것이라고 추측했었는데 들어맞았다.

그래서 그는 쾌도비가 자신이 추측하는 범위 밖으로 벗어나지 못하는 인물이라고 평가했다.

그는 쾌도비가 처음 모습을 드러냈던 부근에 자봉공주가 있을 것이라고 판단했다.

하지만 힘들여서 구석구석 찾아다니는 짓은 그의 일하는 방식이 아니다.

가만히 기다리고 있으면 쾌도비가 자봉공주 있는 곳으로 안내할 것이라고 짐작했다.

그렇지만 그는 조금 실망했다. 듣기로는 자봉공주를 호위하고 있는 인물이 절정고수라고 해서 흥미를 느꼈었는데 이제 보니까 별것 아닌 것 같기 때문이다.

그가 추측하는 범위 안에서 움직이는 인간이라면 특출한 자가 아니다.

용연풍은 쾌도비가 어디쯤 오고 있는지 모르지만 그의 목적지가 어디쯤일 것이라고 짐작하고 있다. 즉, 그가 처음에 나타났던 곳 근처일 것이다.

그래서 그는 근처에서 가장 높은 봉우리 꼭대기에 올라서 쾌도비를 기다렸다.

그가 오른 봉우리에서는 사방 이십여 리가 굽어보이지만, 그의 안력의 한계는 십오 리 정도다.

　　이십오령주와 무극이령은 용연풍을 졸졸 뒤따라 다니고 있는 중이다.

　　그럴 수밖에 없는 이유가 여러 개인데, 첫째는 용연풍이 쾌도비를 발견하고 제압해서 자봉공주를 찾아낼 가능성이 높기 때문이다.

　　둘째는 이십오령주의 최고 우두머리인 팔신궁주가 용연풍을 전폭적으로 지원하라고 명령했기 때문에 그를 뒤따르면서 필요한 모든 것을 챙겨줘야만 한다.

　　셋째, 용연풍이 자봉공주를 죽이는 것을 반드시 두 눈으로 확인해야 한다. 그리고 할 수만 있으면 그녀의 수급을 취하는 것이다.

　　그런데 봉우리에 올라온 용연풍은 석양을 등진 채 야트막한 바위에 팔베개를 하고 누워서 느긋하게 잠을 자고 있다. 자봉공주를 찾는 것에는 관심이 전혀 없는 듯한 모습이다.

　　이십오령주와 무극이령은 하는 수 없이 멀지 않은 곳의 바위에 앉아서 그가 곧 일어나기를 기대하면서 하염없이 기다렸다.

＊　　　＊　　　＊

　　쾌도비가 농상현을 나섰을 때는 초저녁 무렵이었다. 그는 밤새 잠시도 쉬지 않고 비조행을 전개하여 달렸다.

오른팔의 공력을 사용하지 않으면 그는 일류고수 정도의 수준이라서 지금은 몹시 지친 상태다.

그래도 주소옥이 걱정돼서 쉴 수가 없었다. 쉬더라도 그녀를 동굴에서 데리고 나와 그곳에서 멀리 벗어난 후에야 마음껏 쉴 수 있을 것이다.

그때 달리고 있는 오른쪽, 그러니까 동쪽에 부윰한 빛이 스미기 시작했다. 동이 트고 있다.

"헉헉헉……."

심장이 터질 것 같고 다리가 후들후들 떨려서 도저히 더 이상 갈 수가 없어서 경공을 멈추었더니 몸이 중심을 잡지 못하고 앞으로 고꾸라지고 말았다. 오른팔에 비하면 몸의 다른 부위는 형편없는 수준이다.

그래서 그냥 엎어진 상태에서 몸만 뒤집어 하늘을 보는 자세를 만들어 가슴을 들썩이며 숨을 몰아쉬었다.

"헉헉헉……."

한 번 드러누웠더니 세상천지에 이것보다 편한 것이 없는 것 같았다.

상처의 고통도 잊어버리고, 천만금을 준다고 해도 지금의 편안함하고는 바꾸고 싶지 않았다. 그래서 그는 아주 조금만 이대로 쉬었다가 가기로 했다.

*   *   *

주소옥은 깨어나면서 천천히 눈을 떴다.

그러면서 그녀의 머리에 최초로 떠오른 생각은 쾌도비가 자신을 깨웠다는, 즉 사명대법을 풀어주었다는 것이다.

추격대가 근처에 왔기 때문에 그녀에게 사명대법을 전개했던 것인데 이제는 추격대가 멀어진 모양이다. 가사상태에 빠진 이후 얼마나 시간이 흘렀을까. 그녀의 느낌으로는 그저 잠깐 쪽잠을 자고 일어난 것 같았다.

그래서 쾌도비를 부르려고 하는데 어찌 된 일인지 목소리가 나오지 않았다. 아니, 목소리만이 아니라 입술이 움직여지지도 않았다.

'어찌 된 거지? 쾌도비가 사명대법을 아직 다 풀지 않은 것일까?

그래서 좀 더 기다리면서 눈동자를 이리저리 굴려보았다. 그것은 가능했다. 눈을 깜빡이는 것과 눈동자는 마음대로 움직여졌다.

매우 낮은 동굴의 천장이 보이는 것으로 미루어 아직 동굴 속에 있는 것 같았다.

동굴 입구는 동쪽을 향해 나 있기 때문에 이른 아침인 지금은 햇빛이 소나무 사이로 스며들어 와 동굴 안이 어느 정도 흐릿하게 밝았다.

길어야 반 시진 쯤 지난 것 같은데 벌써 아침이라니 그사이에 무슨 일이 있었는지 궁금했다.

그러나 주소옥은 눈동자를 아무리 굴려 봐도 쾌도비가 보이지 않고 또 그가 자신을 만지는 느낌도 들지 않아서 매우 이상하고 또 불안해졌다.

그러기를 일각쯤 지난 후에 그녀는 이곳에 쾌도비가 없다는 사실을 확인했다.

쾌도비가 이곳에 그녀와 함께 있다면 그녀가 깨어났는데 가만히 내버려 둘 리도 없으며 그의 모습이 눈에 보이지 않는다는 것은 말이 안 된다.

그리고 무엇보다 중요한 것은 그의 체취를 느낄 수 없다는 사실이다.

그녀는 방금에서야 자신이 지금껏 쾌도비의 체취에 익숙해져 있었다는 사실을 깨달았다.

그리고 지금 이곳에는 그의 체취가 조금도 느껴지지 않는다는 사실 또한 더불어 깨달았다.

'쾌도비가 없어……'

또 한 가지 사실. 쾌도비는 그녀에게 사명대법을 전개하여 가사상태로 만들고 나서 동굴을 떠났다가 아직까지 돌아오지 않은 것이라고 짐작했다.

쾌도비가 동굴을 떠난 것은 이틀 전 밤이었으나 그녀는 어젯밤이라고 생각했다.

'그에게 무슨 일이라도 생긴 것일까?

그녀는 쾌도비가 자신을 이런 곳에 버리고 갔을 것이라고는 터럭만큼도 의심하지 않았다.

이것은 이렇고 저것은 저렇다는 식으로 유추하여 그가 자신을 버리고 가지 않았을 것이라고 믿는 것이 아니다.

그에 대한 막연하면서도 무조건적인 신뢰가 밑바탕에 깔려 있는 것이다.

'추격대가 이 근처까지 왔었던 거야. 상황이 위험해지니까 쾌도비가 그들을 다른 곳으로 유인하기 위해서 동굴을 떠난 것이 분명해.'

거기까지 생각하고 조금 안심한 듯 그녀는 눈을 감았다. 그리고 한참 후에 다시 눈을 뜨고 눈으로만 배시시 미소를 지었다.

'내가 금방 간절하게 기도했으니까 그는 반드시 무사히 돌아올 거야.'

그제야 주소옥은 마음이 놓이는지 편안한 표정을 지었다. 사실 그것은 그녀가 현명하기 때문에 가능한 일이다.

쾌도비가 이곳에 없다고, 그가 돌아오지 않으면 어떻게 하느냐고 혼자서 안달복달해 봐야 아무런 소용이 없고 자신의 속만 새카맣게 탈 뿐이라는 사실을 알기에, 이렇게라도 자신을 위로하는 것이다.

그리고 자신에 대한 위로는 곧 효력을 발휘하여 그녀는 정말로 마음이 편안해졌다.

사람을 가사상태로 빠지게 만드는 사명대법은 오묘하기 짝이 없는 수법이라서 단 한 번 그것도 우연히 전개해 봤던 쾌도비는 두 번째 전개에서 약간의 실수를 했다.

주소옥의 사명혈을 정확하게 찌르지 못했으며 깊이도 약간 지나쳤다.

오차의 정도가 겨우 일 푼(分)의 백분의 일에 불과하지만 그것이 주소옥을 깨어나게 만든 것이다.

第二十九章

난최옥절(蘭摧玉折)
—난초가 꺾이고 옥이 부서진다

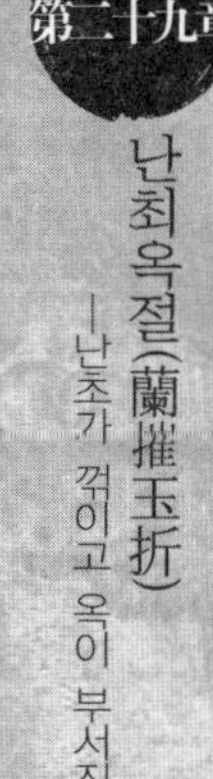

슥…….

동이 트고 나서도 계속 잠만 자고 있던 흑창사비 용연풍이
비로소 기지개를 켜면서 일어났다.

밤새 이제나저제나 그가 깨어나기만 기다리다가 동틀 녘
에야 겨우 선잠이 들었던 이십오령주와 무극이령은 그가 일
어나는 기척에 놀라서 화닥닥 깨어났다.

"놈이 왔다."

용연풍은 나직이 중얼거리면서 하품을 하며 봉우리의 절
벽 끝으로 느릿느릿 걸어갔고 두 사람은 바짝 긴장하여 그 뒤

를 따랐다.

파라락…….

절벽 끝에 우뚝 서서 옷자락을 펄럭이고 있는 그를 보면서 이십오령주가 조심스럽게 말했다.

"놈이 볼지도 모르는데 숨어야 하지 않습니까?"

악양을 출발하여 이곳에 도착한 후에도 줄곧 세수는커녕 면도도 하지 못해서 수염이 까칠한 삼십대 후반의 이십오령주는 자신보다 한참 어려 보이는 용연풍에게 지나칠 정도로 깍듯했다.

강호에서는 나이나 배분이 중요하지만 그보다는 무공 실력과 명성이 더 중요하다.

강호의 명성이나 실력, 지위 등을 모조리 뭉뚱그려서 전체를 백(百)으로 잡는다면, 이십오령주는 아마도 육십에서 칠십 사이에 속할 것이고, 용연풍은 당연히 일에서 십 사이에 속할 것이기에 감히 쳐다보는 행위 자체가 영광이고 또한 무엄한 일이다.

이십오령주의 물음에도 용연풍은 태연했다.

"놈은 우릴 보지 못할 것이다. 그전에 내가 먼저 발견할 것이므로."

"아……."

그때부터 용연풍은 공력을 끌어올려 청력과 안력을 돋우

어 주위를 살피기 시작했다.

그가 발견하려는 것은 사람이 아니다. 그가 쾌도비를 발견한다면 같은 순간에 그도 발견될 가능성이 높다.

더구나 그는 높은 봉우리 위에 서 있으므로 멀리에서도 잘 보일 것이다.

그가 발견하려는 것은 징후(徵候)다.

그렇게 한 시진이 지났다.

용연풍 옆에서 봉우리 아래를 살피고 있던 이십오령주와 무극이령은 너무 눈에 힘을 주어서 이리저리 쳐다보느라 눈이 빠질 것 같고 힘이 들었으며 무엇보다도 살피는 일이 지겨워졌다.

그러나 용연풍은 처음이나 지금이나 변함없이 묵묵히 봉우리 아래를 살펴보고 있다.

그런 인내심을 보고 이십오령주와 무극이령은 강호육비는 뭔가 달라도 다르다는 걸 깨달았다.

"저기다."

그때 용연풍이 동남쪽 방향을 주시하며 마치 '날씨가 참 좋구나' 라고 말하는 것처럼 나직이 중얼거렸다.

이십오령주와 무극이령은 안력을 돋우어 그곳을 주시했으나 그냥 숲만 우거져 있을 뿐이다.

설혹 그곳에서 지금 사람이 오고 있다고 해도 거리가 너무 멀어서 숲만 보였다.

용연풍은 손가락을 뻗어 그곳을 가리키며 친절하게 설명해 주었다.

"십오 리 밖의 숲에서 방금 세 마리의 산새가 날아올랐다. 그 아래로 사람이 지나고 있다는 뜻이지."

두 사람은 할 말을 잃었다. 사람이 아니라 코끼리라고 해도 이 까마득한 산봉우리 꼭대기에서 십오 리 밖에 있는 것을 어떻게 볼 수 있다는 말인가. 하물며 세 마리 산새가 날아오른 것이랴.

쾌도비는 비조행을 전개하면서 달리다가 문득 그 자리에 멈추고 하늘을 올려다보았다.

방금 푸드득 하고 몇 마리 산새가 날아오르는 소리가 났기 때문이다.

여기까지 오는 동안 그가 지나는 곳에 산새가 날아오르든가 산짐승이 도망치는 경우는 여러 번 있었기에 새삼스러운 일이 아니다.

그러나 주소옥이 잠들어 있는 동굴이 가까워지자 예민해져서인지 방금 전에 산새들이 날아오른 것은 왠지 불길한 예감이 들었다.

그래서 그는 그곳에 멈춰서 오른팔의 공력을 빌어 청력을
극대화시켜 보기로 했다.

그렇게 하면 이 근처에 추격대가 있는지 아니면 어떤 위험
이 도사리고 있는지 사전에 알 수 있을 것이다.

오른팔의 공력이 순조롭게 그의 두 귀로 향하자 산속에서
벌어지는 온갖 자연의 소리가 한꺼번에 그의 귀로 쏟아져 들
어와 매우 시끄러웠다.

그리고 바로 그 순간 자연의 소리와는 확연하게 구별이 되
는 어지러운 파공음이 고막을 세차게 두드렸다.

파아아―

바람 소리는 아니다. 감지되는 소리 중에는 자연적인 바람
소리도 있는데 이 파공음은 사람이 만들어내는 소리다.

하나는 약하고 둘은 세찬 파공음, 즉 세 명이 경공술을 전
개하고 있다는 뜻이다. 약한 파공음은 더 고수이고 센 파공음
은 그보다 하수다.

하지만 그것만으로는 현재 그들이 얼마나 가깝게 있는지
알 수가 없다.

다만 방향 정도만 알 수 있을 뿐이다. 파공음은 북서쪽에서
들려오고 있었다.

오른팔의 공력을 청력으로 사용하는 것에 아직 익숙하지
않기 때문이다.

바로 그때 말소리가 들렸다.

"용 대협, 놈이 자봉공주가 숨어 있는 곳으로 가는 것을 미행할 생각이십니까?"

"이십오령주, 너는 말이 많구나."

"죄송합니다."

바로 옆에서 대화하는 것처럼 우렁우렁하게 들렸다.

대화를 듣고 쾌도비는 그중 한 명이 자봉공주를 암살하는 계획의 우두머리인 사신이십오령주라는 사실을 알아차릴 수 있었다.

그런데 이십오령주가 '용 대협'이라고 부른 인물이 누군지 알 수가 없다. 대화 내용으로 봐서는 이십오령주의 윗사람인 듯했다.

어쩌면 용 대협이 이십오령주에게 자봉공주를 죽이라고 명령한 인물일지도 모른다는 생각이 들었다.

그러나 지금은 그게 문제가 아니다. 저들은 주소옥이 숨어 있다는 것도 그리고 쾌도비가 그곳으로 향하고 있다는 사실까지도 알고 있다.

'어떻게 알아낸 것인가?'

그는 주소옥이 있는 동굴 근처에는 추격대가 없을 것이라고 판단하여 돌아왔다.

그런데 누군가 기다리고 있었으며 쾌도비가 오고 있는 것까지 알고 있다니 갑자기 맥이 탁 풀렸다.

어쨌거나 이대로는 주소옥에게 갈 수 없다. 저들이 미행을 할 가능성이 크니까 다른 곳으로 유인해야만 한다.

이후 미행을 완전히 따돌렸다는 확신이 서야만 주소옥에게 갈 것이다.

귀에 있던 공력이 다시 오른팔로 돌아가자 그는 다시 한 번 공력을 귀로 보냈다.

파아아…….

세 줄기 파공음이 다시 들렸다. 그것이 세 사람의 경공이라고 확신할 수 있는 이유는 각자의 파공음이 확연하게 다르기 때문이다.

그런데 조금 전에 들었던 것이나 지금 것이나 똑같은 크기로 들렸다.

그래서는 그들이 지금 어디쯤 오고 있는지 정확한 위치를 알 수가 없다.

한 가지는 알 수 있다. 지난번 혈혼살수들이 혈혼전을 발사했을 때처럼 파공음이 크게 들리지 않는다는 것이다. 그렇다면 그들은 아직 먼 곳에 있다.

귀에 있던 공력이 막 오른팔로 가려고 할 때 우두머리라고 여겨지는 자의 말이 들렸다.

"나 먼저 가겠다. 십오 리를 느려터진 네놈들과 같이 가다간 놈을 놓치고 말겠다.”

 ‘십오 리.’

드디어 자신과 그들의 거리를 알게 되었다. 그들 세 명은 북서쪽 십오 리에서 오고 있다.

쾌도비는 갈등했다. 주소옥은 이곳에서 북쪽 십여 리쯤의 동굴에 있다.

지금으로썬 대처 방법이 두 개다. 첫 번째 방법은 오른팔의 공력을 두 발로 옮겨서 최대한 빠른 속도로 주소옥에게 가서 그녀를 데리고 도주하는 것이다.

두 번째 방법은 저놈들을 전혀 다른 방향으로 유인했다가 나중에 그녀에게 가는 것이다.

그는 지금 상황에 어느 방법이 좋은지 찰나지간을 천 년처럼 고민했다.

쾌도비는 세 번째 방법을 선택했다. 놈을 죽이고 마음 편하게 주소옥에게 가는 방법이다.

놈이 이십오령주에게 자봉공주를 죽이라고 명령을 내린 상전이라면 사신 한 등급 위인 붕신(鵬神)이거나 그 위인 표신(豹神)일 가능성이 높다.

그 정도라면 싸워볼 만하다. 쾌도비에겐 무적의 오른팔이 있으며, 비도쾌와 창룡도가 있다.

오른손으로 쾌도식을 전개하다가 기회를 봐서 비도쾌를 던지면 오히려 승산이 자신에게 있다고 확신했다.

그는 주소옥이 있는 북쪽을 놔두고 동쪽으로 십여 리쯤 달리다가 적당한 장소를 발견하고 그곳에서 우두머리를 기다리기로 했다.

멀찍이 떨어진 곳에서 그자와 일대일로 싸워서 죽인 후에 주소옥에게 갈 생각이다.

그곳은 깊은 산중에 흐르는 계류가의 자갈밭이었다. 일단 유사시에는 자갈로 돌팔매를 할 수도 있다는 생각에 이곳을 싸울 장소로 선택했다.

그자가 어떻게 자신을 찾아올 것인지는 생각하지 않았다. 반드시 찾아올 것이라고 확신했다.

쾌도비는 잠시 후에 그가 올 북서쪽 방향을 응시하며 우뚝 서 있었다.

그가 서 있는 곳에서 북서쪽 전방은 나무가 한 그루도 없는 야트막한 구릉이다.

그리 오래지 않아서 구릉의 꼭대기에 하나의 점이 나타나더니 그다지 빠르지 않은 속도로 구릉 아래를 향해 내려오고 있었다.

쾌도비는 오른팔의 공력을 눈으로 보내 그자의 모습을 좀 더 자세히 살펴보았다.

흡사 유생 같은 차림에 준수한 용모를 지닌 청년이다. 나이는 잘해야 삼십이삼 세쯤 된 것 같았다.

달려오고 있는 자의 모습을 직접 확인하고 쾌도비는 조금 안심이 되었다.

그의 경험과 안목에 의하면 저자는 이십오령주보다 조금 더 고강한 수준일 것이다.

그냥 봐서는 한낱 유생인데 이십오령주의 상전이라니까 그나마 높은 점수를 준 것이다.

마치 산책을 나온 것처럼 느릿하게 달리는 것이나 흐트러진 자세는 무인답지 않았다.

그의 안목은 지금까지 한 번도 틀린 적이 없었다. 장인(丈人)이 오랜 세월 솜씨를 터득하여 달인의 경지에 올랐듯, 그의 사람을 보는 안목 역시 달인의 경지다.

저자는 필경 숲에서 산새가 날아오른 것을 보고 그가 달려오고 있음을 알아보았을 것이다.

그 정도는 그도 충분히 할 수 있는 일이다. 그러니 딱히 특별할 것 없는 인물이다.

삼십대 초반은 무인의 높은 경지에 오르기에는 아직은 젊은 나이다.

그러나 쾌도비는 알지 못했다. 지금 자신을 향해 달려오고 있는 인물이 이미 그를 발견하고는 속도를 뚝 떨어뜨려 느긋하게 오고 있다는 사실을. 그 외에도 그가 모르고 있는 몇 가지가 더 있다.

쾌도비가 유생 같은 자에게서 시선을 떼지 않고 있는 동안에 그자는 쾌도비 앞에 이르렀다.

뜻밖에도 그자는 쾌도비를 보면서 매우 기특하다는 듯한 표정을 지었다.

"제법이구나. 나를 이곳으로 유인한 것이냐?"

쾌도비는 대답하지 않고 유심히 그를 살펴보았다. 그렇지만 대단한 고수라고 여길 만한 아무것도 발견하지 못했다. 그저 거리에서 흔하게 마주칠 수 있는 유생일 뿐이다. 매우 준수하다는 것이 특이하다면 특이했다. 그래서 조금 전보다 더 안심이 되었다.

저 정도 인물이라면 구태여 비도쾌를 사용하지 않고서도 오른팔로 쾌도식을 전개해서 단칼에 죽일 수 있을 것이라는 자신감이 생겼다.

"자, 네가 선택할 수 있는 길은 두 개다."

유생은 마치 길을 묻는 나그네에게 친절하게 길을 가르쳐주는 인자한 청년 같은 표정으로 말을 꺼냈다.

"너는 누구냐?"

쾌도비가 불쑥 무겁게 가라앉은 목소리로 물었다.

"이런, 내가 누군지 소개하지 않았군."

그는 조금도 긴장하지 않고 처음 만난 마음에 드는 사람에게 자신을 소개하는 것처럼 여유로웠다.

"나는 용연풍이라고 하네. 자넨 누군가?"

"쾌도비."

"내 이름만큼이나 좋은 이름이로군."

유생 용연풍은 고개를 끄떡이고 나서 오른손에 쥐고 있는 칠흑색 막대기 흑창사를 쾌도비에게 가리켰다.

"방금 내가 하던 말을 계속해도 되겠느냐?"

쾌도비는 대꾸하지 않았다. 용연풍이라는 자의 지나치게 여유 있게 보이는 모습이 조금 전에 그를 별것 아닌 존재라고 평가했던 쾌도비의 확신을 조금쯤 흔들어놓았다.

무인으로서 이렇게 여유 있는 인물을 쾌도비는 한 번도 본 적이 없었다.

유생이라면 이런 종류의 사람은 많다. 그러나 무인이면서도 정말 유생 같은 자는 보지 못했다.

"자봉공주가 있는 곳을 자발적으로 알려줄 테냐? 아니면 볼썽사나운 꼴을 당한 후에 말하겠느냐?"

용연풍은 쾌도비에게 천천히 다가오면서 말했다.

쾌도비는 자신의 안목이 잘못됐음을 방금 깨달았다. 그의 안목은 지금껏 그가 겪어온 강호의 이류나 삼류에 국한되었던 것이다.

그런데 이자는 이류나 삼류가 아니다. 쾌도비가 한 번도 경험해 보지 못했던 세계의 인물이다. 그런 인물을 이삼류의 잣대로 쟀으니 그게 잘못이다.

그래서 그는 계획을 바꿔서 먼저 선공, 아니, 급습을 해야겠다고 생각했다.

그러면서 그는 자신의 표정과 온몸이 극도의 긴장감으로 팽팽해지는 것을 느끼지 못했다.

용연풍이 천천히 마주 걸어오고 있으므로 거리는 점점 좁아지고 있다.

쾌도비는 거리가 일 장이 되면 득달같이 공격하리라 마음먹고 단단히 준비했다.

다행히 용연풍이라는 자는 무기도 지니고 있지 않다. 오른손에 까만 막대기인지 뭔지 모를 것을 쥐고 있으나 전혀 위협이 될 것 같지 않았다.

"너는 내 말을 듣고 있는 것이냐?"

용연풍이 고개를 갸웃거리며 막대기로 쾌도비를 가리키면서 계속 걸어왔다.

만약 내 말을 듣고 있지 않다면 무척 섭섭할 것이라는 듯한 순진한 표정이었다.

쾌도비는 모든 준비가 끝났다. 용연풍이 일 장 거리 안으로

만 들어오면 오른손으로 창룡도를 뽑아서 곧바로 머리를 으깨어줄 것이다.

넉 자 길이의 창룡도와 거기에서 뿜어지는 일 장의 도강이면 용연풍은 절대로 피하지 못할 것이라고 확신했다.

드디어 용연풍이 일 장 안으로 들어섰다. 그러면서도 계속 막대기로 쾌도비를 가리키면서 말을 하고 있다. 바보 같은 놈이다.

"너는 내가 제시한 두 개의 방법이 마음에 들지 않는 것이냐? 그렇다면 네가 다른 방법을……"

'지금이다!'

쾌도비는 오른팔의 공력을 가득 주입한 창룡도를 벼락같이 뽑으면서 용연풍의 정수리를 쪼갰다.

콱!

"말해봐라."

용연풍은 아주 잠깐 끊었던 말을 계속했다. 그리고 쾌도비는 상체가 뒤로 젖혀진 자세로 허공에 둥실 떠오르며 그의 말을 들었다.

쿵!

"흑……"

그는 무려 오 장이나 날아가서 뒷머리와 등을 자갈밭에 거세게 부딪치며 떨어졌다.

어이없게도 그는 창룡도를 뽑지도 못했다. 오른손으로 도파를 잡았을 때 용연풍이 쥐고 있던 막대기로 그의 가슴을 쿡 찔렀을 뿐이다.

일 장 거리에 있던 용연풍이 어떻게 한 자 남짓의 짧은 막대기를 슬쩍 내밀어 가슴을 찌를 수 있었는지 쾌도비는 도저히 이해하지 못했다.

"끄으으……."

그리고 그저 가볍게 내민 막대기에 가슴이 찔린 것뿐인데 이 처절한 고통은 다 무어라는 말인가.

숨을 쉴 수가 없고 몸을 움직일 수도 없다. 명치를 맞은 것 같은데 이런 지독한 고통은 난생처음이다.

그는 자갈밭에 누워서 눈을 부릅뜨고 가래 끓는 소리만 내고 있을 뿐 아무것도 할 수가 없다.

척!

용연풍이 그제야 쾌도비 옆에 이르러서 그의 옆에 멈춰 서서 굽어보았다.

"과연 내 짐작이 맞았다. 사신이십오령주는 너를 대단한 절정고수라고 극찬하던데 나는 네가 별 볼일 없는 하류라고 생각했었다."

용연풍은 한 걸음을 옮겨 쾌도비의 머리 쪽으로 가더니 수중의 막대기를 엄지와 검지 두 손가락으로 잡고 끝을 그의 이

마에 겨누고 이리저리 가볍게 흔들었다.

"나는 네가 지금이라도 자봉공주가 있는 곳을 순순히 말해 주기를 바란다."

"으으… 개새끼… 날 죽여라……."

쾌도비는 눈에서 이글이글 불을 뿜 듯 하며 흰 이빨을 드러내고 으르렁거렸다.

그는 몸을 조금이라도 움직여 보려고, 아니, 오른팔만이라도 움직일 수 있으면 용연풍에게 공력이라도 뿜어낼 수 있을 것이라고 안간힘을 써보았다.

그러나 오른팔은커녕 손가락조차 움직여지지 않아서 절망에 빠졌다.

막대기로 명치를 한 번 찔렀을 뿐인데 이런 지경에 처하다니 실로 불가해한 일이다.

"마지막 경고다. 이 말을 무시하면 널 죽이겠다. 그리고 자봉공주는 내가 직접 찾겠다. 시간이 좀 걸리고 귀찮겠지만 오늘 안으로 찾을 수 있을 게다."

용연풍은 쾌도비를 죽이겠다고 말하면서도 예의 특유의 부드러운 미소를 짓고 있다.

쾌도비는 그가 말과는 달리 자신을 쉽사리 죽이지는 못할 것이라고 생각했다.

자봉공주를 찾는 일은 용연풍이 말하는 것처럼 쉬운 일이 아니기 때문이다.

"자봉공주는 어디에 있느냐?"

"흐으으… 이 새끼야……."

움직이라는 오른팔은 꼼짝하지도 않고 왼팔이 들어 올려져서 용연풍의 발을 잡았다.

슥—

그러나 용연풍은 붙잡힌 왼발을 슬쩍 들어 올려 쾌도비의 가슴에 얹었다.

우드득…….

"끄아아—!"

그 한 번의 가벼운 동작으로 쾌도비의 갈비뼈가 모조리 부러지면서 부러진 날카로운 뼛조각들이 장기와 내장을 파고들어 찢어발겼다.

이것은 숨이 끊어질 것 같고 몸뚱이가 갈가리 해체되는 것만 같은 고통이다.

"쯧쯧쯧… 죽인다고 했었잖느냐?"

용연풍은 실수로 잘못 밟아서 파들파들 떨고 있는 개구리를 보듯이 안쓰러운 표정을 지었다.

그 순간 쾌도비는 이 작자는 허언을 하지 않는다는 사실을 깨달았다.

쾌도비는 자신이 너무도 무기력하다는 사실을 절감했다.

상대가 무슨 수법을 사용했는지도 모른 채 당해 버렸고, 지금은 한 마리 벌레처럼 버둥거리고 있다.

스으…….

그때 용연풍이 발을 떼는가 싶더니 쾌도비의 몸이 저절로 스르르 허공으로 떠올라 똑바로 서서 용연풍과 마주보는 자세가 되었다.

키가 큰 쾌도비의 두 발은 지상에서 반 자 정도 떠서 용연풍을 굽어보는 상태다.

갈비뼈가 왕창 부러져서 장기와 내장이 으깨어졌기 때문에 쾌도비의 입과 코에서는 꾸역꾸역 검붉은 피가 흘러내려 상체를 적셨다.

"이제 내 말을 믿느냐?"

"으으……."

용연풍은 왼손으로는 뒷짐을 지고 오른손에 쥔 막대기로 쾌도비를 가리키며 태연하게 말했다.

그런데 그가 도대체 어떤 수법을 발휘하고 있기에 누워 있던 쾌도비가 저절로 일으켜져서 이렇게 허공에 떠 있는 것인지 모를 일이다.

"나는 오늘 하루를 다 허비해서 자봉공주를 찾아야 한다는 게 정말 귀찮다. 그러니까 그녀가 어디에 있는지 부디 말해다오."

"끄으으……."

쾌도비는 말을 하고 싶어도 가슴이 짓이겨져서 말이 나오지 않았다.

"너는 죽는 게 무섭지 않은 모양이구나."

용연풍은 손으로 까딱거리던 막대기를 슬쩍 휘둘렀다. 그때 쾌도비는 언뜻 보았다.

한 자 길이의 막대기가 거짓말처럼 길게 늘어나면서 그의 머리를 향해 날아오고 있었다.

빡!

"흐악!"

쾌도비는 왼쪽 옆머리가 부서지는 것을 느끼며 오른쪽으로 팩 날아갔다가 또다시 자갈밭에 처박히며 몇 차례나 튕겨 날아갔다.

그는 오른쪽 뺨을 자갈에 묻은 채 사지를 푸들푸들 떨었고 눈동자가 제멋대로 이리저리 흔들렸다.

뿐만 아니라 정신이 혼미해지면서 불이 꺼지듯 아스라한 곳으로 가라앉는 기분이 들었다.

단언컨대 지금껏 살아오면서 온갖 험한 일을 다 당했어도 이처럼 지독한 꼴을 그리고 이토록 만신창이가 됐던 적은 한 번도 없었다.

지금 이 순간 그의 흐릿해져 가는 머릿속에 떠오른 생각은 자신이 이렇게 죽는다는 사실이었다.

산다는 것은 참으로 힘들지만 죽는 것은 그에 비해 너무 간단한 것 같았다.

"오… 아직도 죽지 않았느냐? 너는 참 명줄이 길구나."

옆에 다가온 용연풍이 부드러운 미소를 지으면서 쾌도비를 굽어보다가 다시 발을 치켜들었다.

순간 쾌도비의 두 눈이 찢어질 듯이 확장됐다. 저 발에 한 번 더 밟히면 자신은 오장육부가 다 터져서 창자를 쏟고 죽은 개구리와 똑같은 신세가 될 것이라는 생각이 뇌리를 스쳤다.

"으어어……."

그리고는 결사적으로 무슨 말인가를 하려고 했지만 이상한 소리만 흘러나왔다.

이 순간의 그는 뭔가를 해야만 한다는 절박함에 사로잡혔다. 이대로 죽을 수는 없기 때문이다.

"호오… 이제 말하겠다는 게냐?"

그런데 용연풍은 용케도 쾌도비의 뜻을 알아차리고 빙그레 미소 지었다.

스으…….

용연풍은 가만히 서 있는데 쾌도비의 몸이 다시 한 번 느릿하게 일으켜 세워졌다.

쾌도비는 그야말로 처참한 만신창이 몰골이 되었다. 막대기에 얻어터진 왼쪽 머리는 으깨어졌으며 가슴은 온통 짓이 겨졌다. 그는 자신을 이대로 내버려 둬도 죽을 것이라는 생각이 들었다.

슥…….

그때 용연풍이 왼손을 펴서 쾌도비의 가슴에 대고 가볍게 잡아당기는 시늉을 했다.

뚜둑… 툭… 우지직…….

"끄으으……."

그 간단한 손짓 한 번에 조금 전에 용연풍이 짓밟아서 가슴 안쪽으로 함몰됐던 쾌도비의 갈비뼈가 다시 튀어나오며 원상 복귀 되었다.

하지만 박살 난 뼈가 붙는다거나 찢어지고 뚫어진 장기와 내장이 붙은 것은 아니다.

단지 가슴이 짓눌려서 말을 하지 못하는 쾌도비가 말을 할 수 있도록 가슴을 편하게 해준 것일 뿐이다. 용연풍은 그렇게 자비로운 인물이 아니다.

"흐으으……."

단지 그것만으로도 쾌도비는 질식해서 죽을 것 같은 고통에서 어느 정도 해방되었다.

"말해라. 자봉공주는 어디에 있느냐?"

쾌도비는 참담한 심정이었으나 한 가지만은 분명하게 알

고 있었다.

무슨 일이 있어도 죽을 수 없다는 사실이다. 여기에서 주소옥이 있는 곳을 말하지 않으면 누군지도 모르는 자에게 그는 죽고 말 것이다.

이렇게 개죽음을 당할 수는 없다. 주소옥이 제아무리 중요해도 쾌도비 자신의 목숨만큼은 아니다. 세상천지에 자기 목숨보다 더 소중한 것은 없다.

그가 살아 있어야 세상도 존재하는 것이고, 힘을 내서 주소옥을 다시 구할 수도 있다.

지금 여기에서 그가 죽어버리면 가사상태에 빠져 버린 그녀도 오래지 않아서 죽을 것이다.

그렇지 않고 만약 용연풍이 그녀를 찾아내기라도 하면 그 역시 어차피 죽을 것이다.

그녀는 이래도 죽고 저래도 죽을 운명이다. 그런 상황에서 쾌도비가 자신만이라도 살려고 발버둥치는 것이 과연 잘못이라는 말인가.

그는 그런 식으로 자신을 위로했고 또 지금 상황을 정당화시키려고 애썼다.

"말하면… 살… 려주겠느냐?"

"오냐. 살려주마."

"약속은……."

"남아일언중천금이다."

목숨을 구걸하면서 쾌도비는 말할 수 없을 정도로 비참한 심정에 사로잡혔다.

이때만큼은 머리와 가슴의 고통도 느끼지 못했다. 그저 비참할 뿐이다.

"저 아래 소나무가 있는 곳이냐?"

절벽 위에 퍼질러 앉은 쾌도비는 절벽 끝에 서서 아래를 내려다보면서 말하고는 자기를 쳐다보는 용연풍에게 힘겹게 고개를 끄떡였다.

쾌도비는 용연풍에게 붙잡혀서 길 안내를 하여 주소옥이 숨어 있는 동굴 위쪽 절벽 꼭대기까지 왔다. 이로써 주소옥은 끝났다.

그녀는 용연풍의 손에 죽을 것이고 목을 자른다면 수급만 누군가에게 전해질 것이다.

쾌도비는 손가락 하나 까딱할 힘도 없이 용연풍이 앉혀준 그대로 하나의 작은 바위에 기대어 앉아 있었다.

기분이 너무 더럽고 비참해서 몸의 고통 따윈 아까부터 전혀 느껴지지 않았다.

그가 넋 나간 표정으로 멍하니 보고 있는 가운데 용연풍은 절벽 아래로 훌쩍 뛰어내렸다.

이틀 전에 쾌도비는 잠을 잘 만한 마땅한 동굴을 찾기 위해서 비도쾌로 암벽을 찍으면서 거센 바람에 날려가지 않으려고 간신히 내려갔었는데, 용연풍은 아무렇지도 않게 뛰어내린 것이다.

그것만 봐도 쾌도비와 용연풍은 전혀 격이 다르다. 처음부터 용연풍은 다른 세계의 인간이었던 것이다.

쾌도비는 그런 그를 별 볼일 없는 인간으로 치부했었다. 그래서 이런 지경에 이르고 말았다. 그의 안목은 하류배의 안목이었다.

진작 알았더라면 다른 방법, 즉 주소옥을 데리고 도주하는 방법을 선택했을 것이다.

그러나 이제 와서 후회해 봐야 만시지탄(晩時之歎), 기분만 더러워질 뿐이다.

잠시 후에 용연풍이 두 팔로 주소옥을 안은 모습으로 절벽 아래에서 위로 둥실 솟구쳤다가 새털처럼 가볍게 쾌도비 앞쪽에 내려섰다.

쾌도비가 앉혀진 자세에서는 뻣뻣한 몸으로 용연풍에게 안겨 있는 주소옥의 옆얼굴이 보였다.

그런데 그녀는 눈을 뜨고 있었다. 커다랗게 뜬 눈으로 용연풍을 바라보고 있는데, 쾌도비는 그녀가 몹시 놀라고 있다는 사실을 알아차렸다.

그녀는 몸이 뻣뻣한 것으로 봐서 여전히 사명대법에 제압된 상태인 듯한데 어떻게 눈을 뜨고 있는 것인지 쾌도비로서도 모를 일이다.

아마 그녀의 사명혈인 유두에 솔잎을 꽂은 것이 정확하지 않았던 모양이다.

그야 어쨌든 그녀는 이제 곧 죽을 것이다. 다만 쾌도비가 보는 데서 그녀를 죽이지 않기를 바란다.

그녀가 죽는 것을 본다면 비참함에 이어서 죄책감마저 맛봐야 할 것이다.

그런데 용연풍의 표정이 뜻밖이다. 그는 안고 있는 주소옥의 얼굴에서 시선을 떼지 못하면서 경악과 감탄의 표정을 짓고 있었다.

주소옥은 아직 쾌도비를 발견하지 못했다. 조금 전에 그녀는 누군가 동굴 안으로 들어오는 기척을 느끼고 쾌도비인 줄 알고 크게 기뻐했었다.

그런데 들어온 사람이 한 번도 본 적이 없는 낯선 사람이라는 것을 발견하고 놀라움을 금치 못했다.

눈을 동그랗게 뜨고 있는 그녀를 굽어보면서 낯선 남자가 부드럽게 말했다.

"쾌도비가 그대를 내게 맡겼소. 이제부터는 내가 그대를 보살피겠소."

　대체 쾌도비는 어디로 가고 이 사람에게 자신을 맡긴 것인지 주소옥은 도저히 이해할 수가 없었다.

　그러는 사이에 낯선 사람은 그녀를 안고 동굴을 나와 절벽 위로 올라왔다.

　용연풍은 쾌도비가 주소옥의 마혈을 제압한 것이라고 나름대로 생각했다. 왜 마혈을 제압했는지는 모르지만 대수롭지 않은 일이다.

　주소옥은 혼란스러웠다. 그녀는 낯선 사람이 누구인지 궁금한 것보다도 도대체 쾌도비는 어디에 있는지, 그리고 무사한지가 더 궁금했다.

　"실로 우물이로군. 내 생전 이처럼 아름다운 절색미인은 본 적이 없었다."

　그때 용연풍은 주소옥을 살피는 것을 끝내고 만면에 기쁜 표정을 지으며 감탄을 연발하더니 쾌도비를 보면서 고개를 끄떡였다.

　"쾌도비, 자봉공주는 이제부터 내가 잘 돌볼 테니까 안심해도 좋다."

　쾌도비의 얼굴이 참담하게 일그러졌다. 자신의 목숨을 부지하기 위해서 주소옥을 팔아넘긴 그로서는 지금 같은 상황이 너무도 구차했다.

　더구나 주소옥이 있는 데서 그런 말을 하다니, 차마 그녀를 볼 용기마저 사라졌다.

　그런데 용연풍은 주소옥을 죽이는 것이 아니라 잘 돌보겠다고 말했다.

　그것은 대관절 무슨 뜻이라는 말인가. 그가 그녀를 절색미인이라고 한 말과 연관이 있는 것인가.

　주소옥은 낯선 사람이 느닷없이 옆을 쳐다보며 쾌도비를 부르자 소스라치게 놀라 눈동자를 한껏 그쪽으로 향하며 쾌도비를 보려고 애썼다.

　그것을 보고 용연풍이 친절하게도 쾌도비를 잘 볼 수 있도록 그녀의 상체를 세우고 쾌도비 쪽으로 돌아서며 몇 걸음 가까이 가주었다.

　주소옥은 비로소 쾌도비를 볼 수 있게 되었다. 쾌도비 역시 그녀를 정면으로 올려다보면서 참담하게 일그러진 표정을 지었다.

　'쾌도비……'

　쾌도비를 발견한 주소옥의 눈에서 기다렸다는 듯이 소나기처럼 눈물이 쏟아졌다.

　방금 눈물이 나기 전에 보았던 쾌도비의 모습은 처참하기 이를 데 없었다.

　머리가 깨지고 코와 입에서 피를 흘리며 힘없이 주저앉아 있는 모습이었다.

그런데 눈물이 쏟아지면서 그의 모습이 부옇게 보였다. 그의 모습을 좀 더 자세히 보고 싶은데 왜 하필이면 그때 눈물이 쏟아지는지 원망스러웠다.

몸을 움직일 수 있다면 눈물을 닦고 그를 더 자세히 볼 수 있을 터이다.

아니, 그에게 달려가서 도대체 어디를 얼마나 다쳤는지 확인하고 품에 꼭 안아줄 수 있을 텐데 왜 자꾸만 눈물이 나는 것인지 모를 일이다.

잔인하게도 쾌도비는 주소옥의 눈물을 보는 순간 매우 중요한 사실을 깨달아 버렸다.

주소옥이 얼마나 그를 기다렸는지, 그리고 또 얼마나 염려하고 있었는지를 알았다.

"호오… 너희 두 사람 이런 사이였느냐?"

용연풍이 쾌도비와 주소옥을 번갈아 쳐다보더니 미묘한 무엇인가를 감지한 듯 야릇한 표정을 지었다. 그리고 눈빛에는 질투심이 번들거렸다.

"공주와 호위고수의 사랑이라니 이것 참 신기하군. 흠, 정말 신기한 일이야."

사실 흑창사비 용연풍은 지독한 색광(色狂)이다. 그의 유일한 취미이며 목적은 천하의 아름다운 여자들을 찾아내서 섭렵하는 것이다.

강호십신비의 쟁쟁한 일원인 그가 팔신궁 최하위인 사신 중에서도 끄트머리 사신이십오령이 맡은 자봉공주 암살에 대한 일을 스스로 처리하겠다고 뛰어든 이유도 알고 보면 자봉공주가 강남땅에서 가장 아름답다는 소문을 들었기 때문이었다.

사실 그는 조금 전까지만 해도 지금 당장 자봉공주를 죽일 생각이 없었다.

그녀를 색욕의 노리개로 실컷 데리고 놀다가 나중에 죽여도 된다고 생각했었다.

그런데 그녀의 실물을 직접 눈으로 본 순간 그의 생각은 완전히 바뀌었다.

그녀를 죽이지 않고 죽을 때까지 자신의 여자로 만들겠다고 결심한 것이다. 그녀의 절색미모가 그의 마음을 바꿔놓은 것이다.

"공주, 저자 쾌도비가 나를 이곳으로 안내했소. 그 대신 나는 그의 목숨을 살려주기로 약속했소. 이것은 좋은 거래라고 생각하지 않소?"

용연풍은 주소옥의 눈물을 보고 그녀가 쾌도비에게 품고 있는 마음을 단번에 간파했다.

바둑은 두는 사람보다도 옆에서 지켜보는 사람 눈에 수가 더 잘 보인다고 했다.

그런 것처럼 쾌도비와 주소옥 두 사람이 나누는 표정과 눈빛, 행동은 그들 자신은 그것이 무엇인지 모르지만, 옆에서 지켜보고 있던 용연풍은 즉시 알아차렸다. 그것은 연정이며 애절함이며 사랑이었다.

그래서 그는 배알이 뒤틀려 쾌도비가 그녀를 팔아넘겼다는 사실을 고자질하고 있는 것이다. 그녀가 쾌도비를 저주하도록 말이다.

쾌도비는 주소옥 앞에서 자신의 치부가 낱낱이 드러나자 더 이상 견디지 못할 부끄러움과 치욕에 사로잡혀 온몸을 부들부들 떨며 용연풍을 노려보았다.

"이 개자식아……."

"저놈이 공주를 넘겨줄 테니까 제발 자신의 목숨을 살려달라고 구차하게 무릎을 꿇고 빌던 모습을 공주에게 보여주지 못한 것이 못내 안타깝소. 아아! 그때는 나도 참으로 역겨웠소. 사내자식이 여자를 팔아서 목숨을 부지하려 들다니 세상천지에 그런 비열한 놈은 없을 거요. 쯧쯧……."

용연풍은 고개를 절레절레 흔들면서 안타깝다는 표정을 지었다.

"흐으… 이 새끼야… 아가리 닥쳐라……."

쾌도비는 두 눈에서 피눈물을 흘리며 헐떡였다. 할 수만 있다면 용연풍에게 달려들어 저주를 퍼붓고 있는 저 아가리를 찢어버리고만 싶었다.

　'으으… 내 목숨이 그토록 중요한 것이었는가……. 이렇게 까지 해서 살아야 했었느냐는 말이다… 크으으……'

　그는 속으로 처절하게 오열하며 몸부림치면서 이제야 뼈를 깎듯이 후회하고 있다.

　주소옥을 팔아넘기다니, 그런 파렴치한 짓을 자신이 저질렀다니 믿어지지 않았다.

　그리고 그는 목숨보다 더 소중한 것이 존재한다는 사실을 깨달았다.

　그것은 치욕스럽게 사느니 명예롭게 죽는 것이다. 그리고 소중한 것을 지키다가 그보다 더 소중하게 죽어가는 것이다. 그것이 진실이었다.

　용연풍은 피눈물을 흘리면서 처절하게 몸을 떠는 쾌도비를 굽어보면서 회심의 미소를 지었다. 자신의 작전이 제대로 효력을 발휘하고 있는 것이다.

　"하하하! 쾌도비. 아직도 살고 싶으냐?"

　용연풍은 쾌도비가 어떤 대답을 할지 몹시 기대된다는 표정을 지었다.

　쾌도비는 피눈물을 흘리는 시뻘건 눈으로 용연풍을 무섭게 노려볼 뿐 지금 이런 상황에서도 살고 싶은 마음이 있는 것인지 대답하지 않았다. 아니, 못했다.

"하하하! 살고 싶은 게로구나! 알았다! 자봉공주를 내게 넘겼으니 구차한 목숨은 살려주마!"

그는 짐짓 호방한 체 고개를 젖히고 웃고 나서 한손으로 쾌도비의 뒷덜미를 잡아 일으켰다.

슥—

"나는 약속을 지키는 사람이다."

용연풍이 오른팔로 주소옥을 안고 왼손으로 쾌도비를 일으켰기 때문에 두 사람은 한 자 정도의 가까운 거리에서 서로 마주보는 자세가 되었다.

'쾌도비……'

주소옥이 펑펑 눈물을 흘리면서 눈으로 말하고 있다는 것을 쾌도비는 알아볼 수 있다.

쾌도비는 차마 그녀의 얼굴을 쳐다볼 수 없지만 눈길은 그녀의 얼굴로 향했다.

용연풍은 자비를 베푸는 것처럼 껄껄 웃었다.

"하하하! 잘 봐둬라, 쾌도비."

그 와중에 쾌도비는 오른 주먹으로 최후의 마지막 한 대를 용연풍에게 갈길 수 있기를 간절히 빌었다.

용연풍이 그의 뒷덜미를 들어 올리고 있는 상황에서 오른 주먹으로 용연풍의 등짝이나 뒤통수를 갈길 수 있다면 그것으로 상황은 끝이다.

‘제발 움직여라…….’

그러나 오른팔은 미동도 하지 않았다. 천하무적이라고 여겼던 오른팔이 이런 중요한 순간에는 그저 하나의 고깃덩이에 불과했다.

“자봉공주는 내가 많이 귀여워해 줄 테니까 너는 네 갈 길로 가거라.”

용연풍은 주소옥을 안고 또 쾌도비의 뒷덜미를 잡은 채 질질 끌며 걸어갔다.

그때 쾌도비는 보았다. 주소옥이 눈물을 흘리면서 눈으로 미소 짓고 있는 것을. 잘못 본 것이 아니다. 그녀의 눈은 분명히 웃고 있었다.

‘지금까지 날 보살펴 줘서 고마워. 그리고 앞으로 내게 무슨 일이 생기더라도 쾌도비를 원망하지 않을 거야. 고마워, 정말 고마워.’

그녀의 눈은 그렇게 말하고 있었다.

그때 쾌도비는 갑자기 찬바람이 세차게 부는 것을 느끼고 힘겹게 고개를 돌리다가 용연풍이 절벽 끝에 서 있는 것을 알아차렸다.

그 순간 쾌도비는 용연풍이 무엇을 하려는 것인지 깨달았다. 그를 낭떠러지 아래로 던지려는 것이다.

자신이 직접 손을 써서 죽이지 않고 낭떠러지 아래로 던지

면 죽이지 않겠다는 약속을 지키는 것이라는 억지를 쓰는 것
이다.

쓱…….

용연풍은 쾌도비를 조금 더 높이 들어 올려 얼굴을 들여다
보며 낭랑하게 웃었다.

"하하하! 내 손으로 널 죽이는 것은 아니니까 약속은 지킨
것이다."

주소옥의 두 눈이 커다랗게 떠졌다. 방금 전까지만 해도 그
녀는 용연풍이 쾌도비를 살려줄 것이라고 믿었었다. 그런 분
위기로 흘러가고 있었기 때문이다.

'아… 안 돼…….'

주소옥은 미친 듯이 몸부림치고 싶었으나 움직여지는 것
은 더욱 커지는 눈뿐이다.

그때 용연풍이 너무도 가볍게 쾌도비를 낭떠러지로 슬쩍
집어던졌다.

그 순간 쾌도비는 몸부림을 치듯이 오른 주먹을 용연풍을
향해 휘둘렀다.

쩍!

"흑……."

쾌도비는 낭떠러지 바깥 허공으로 휙 날아갔고, 용연풍은
옆구리가 쪼개지는 듯한 엄청난 통증을 느끼면서 절벽 안쪽

으로 붕 날아가며 주소옥을 놓쳤다.

쿵!

"윽……."

용연풍은 단단한 돌바닥에 머리를 심하게 부딪치면서 나뒹굴었다.

第三十章

해내존지기천애약비린(海內存知己天涯若比隣)

—진정으로 나를 알아주는 이가 있다면 하늘 끝이라도 곁에 있는 것과 같으리

“끄으으……”

용연풍은 왼쪽 옆구리에서 시작된 극심한 통증이 삽시간
에 온몸으로 퍼지는 것을 느끼며 정신이 아득해졌다. 그리고
엄청난 불신이 엄습했다.

‘뭐야, 이게……’

이런 지독한 고통은 난생처음이다. 다 죽어가는 놈에게 그
저 옆구리를 한 대 슬쩍 맞았을 뿐인데 내장과 장기가 다 파
열된 것만 같았으며 온몸에서 힘과 공력이 모조리 사라지고
있었다.

그는 자신이 쾌도비를 낭떠러지 밖으로 던질 때 그가 발작적으로 휘두른 주먹에 옆구리를 맞았다고 생각했다.

단지 그것뿐이거늘 이처럼 가공할 고통이라니 도저히 믿어지지 않았다.

떨어뜨린 주소옥을 돌아볼 힘도 없다. 엎어진 자세에서 꼼짝도 하지 못하고 일어나지도 못하는데 대체 무엇을 할 수 있다는 말인가.

그는 오히려 쾌도비가 낭떠러지에서 떨어지지 않고 당장에라도 달려와서 자신을 죽일지 모른다는 섬뜩한 공포에 휩싸였다.

사신이십오령주의 말이 맞았다. 자봉공주를 호위하는 자는 절정고수가 분명했다.

그래서 쾌도비는 지금까지 자신의 진짜 실력을 감추고 일부러 용연풍에게 제압되어 상황이 어떻게 돌아가는지 지켜본 것일 수도 있다.

'으으… 이런 빌어먹을……'

용연풍은 엎어진 채 허우적거렸다. 아까 쾌도비의 가슴을 밟았을 때 발버둥 쳤던 것처럼 이제는 용연풍 자신이 돌멩이에 맞은 개구리처럼 허우적거리고 있다.

주소옥은 바닥에 패대기쳐졌으나 다행히 둔부로 떨어져서 머리는 다치지 않았다.

그렇지만 조금도 고통을 느끼지 못했다. 몸이 가사상태이기 때문일 것이다.

그녀는 모로 쓰러진 자세인데 저만치 허우적거리고 있는 용연풍의 모습이 보였다.

순간적으로 그녀는 눈앞에 벌어진 상황이 어떻게 된 일인지 이해하지 못했다.

방금 전까지만 해도 두 사람의 목숨을 양손에 쥐고 있던 용연풍이 어째서 저기에 쓰러져서 버둥거리고 있는지 총명한 그녀로서도 짐작조차 되지 않았다.

그러다가 그녀는 잠시가 지나서야 한 가지 가설을 세워보았다. 쾌도비가 용연풍을 저 지경으로 만든 것일지도 모른다는 얘기다.

그가 낭떠러지로 떨어지기 직전에 사력을 다해서 용연풍을 공격한 것이 기적적으로 성공했다면 지금 눈앞의 광경을 이해할 수 있다.

만약 그게 사실이라면 곧 쾌도비가 나타나서 용연풍을 죽이고 그녀를 구해줄 것이다.

'아아… 쾌도비……'

그녀는 자신의 이 얼토당토않은 추측이 맞기를 간절히 빌었다. 그래서 쾌도비가 죽지 않고 두 사람이 다시 재회한다면 더 이상 바랄 것이 없다.

그런데 한참이 지나도록 그녀에게나 용연풍에게 아무 일도 일어나지 않았다.

그녀는 옆으로 쓰러진 채 그대로고, 용연풍은 잠시도 쉬지 않고 팔다리를 허우적거리고 있었다.

쾌도비가 마지막으로 발악하듯 휘두른 주먹에 엄청난 위력의 강기가 실려 있었다는 사실은 용연풍으로서는 짐작조차 하지 못할 일이다.

그 강기가 그의 온몸 뼈와 살, 그리고 혈맥에 지대한 충격을 발휘하여 마비시켜 버린 것이다.

만약 그가 절정고수가 아니었으면 쾌도비의 주먹에 맞는 순간 맞은편 옆구리로 관통이 되어 그곳으로 오장육부가 다 쏟아져 나갔을 것이다.

지금의 그로서는 주소옥을 데려가서 욕심을 채우는 것은 언감생심 꿈도 꾸지 못한다.

그저 쾌도비가 나타나기 전에 한시바삐 이곳을 벗어나서 목숨을 건져야겠다는 일념뿐이다. 그리고 그때 기적처럼 그의 몸이 움직여졌다.

'돼… 됐다.'

그는 결사적으로 사지를 버둥거리면서 기기 시작했다. 마침 그는 낭떠러지를 등지고 머리를 숲 쪽으로 향해 있으므로 삼 장 정도만 기어서 숲 속으로 들어가 버린다면 살아날 일말의 희망이 있다.

바로 그때 그는 벼락을 맞은 것처럼 몸이 크게 움찔하더니 전신을 마구 부들부들 떨기 시작했다.

"으으으……."

무시무시한 고통이 엄습했다. 아까 느낀 고통 같은 것은 이것에 비하면 새발에 피다.

오죽하면 그는 이럴 바에는 차라리 죽는 게 편하겠다는 생각이 들 정도였다.

쉬이이…….

낭떠러지로 팽개쳐진 쾌도비는 맹렬한 속도로 절곡 아래를 향해 추락하고 있다.

그는 용연풍에 의해서 낭떠러지로 던져지는 순간 자신의 주먹이 그의 옆구리에 작렬했다는 것을 느꼈다. 그러나 그것이 그에게 얼마나 큰 피해를 줄 수 있는지에 대해서는 별로 자신이 없었다.

발악적으로 아무렇게나 휘두른 주먹에 적중되었기 때문이다. 그래서 그 주먹에 자신이 얼마만큼의 공력을 실었는지 기억나지 않았다.

다만 지금은 정신을 바짝 차리고 살아야겠다는 생각만 할 뿐이다.

바닥에 강이 있든지 돌바닥이든지 떨어지기만 하면 죽을 수밖에 없는 상황이다.

그러나 용연풍이 내던졌기 때문에 쾌도비는 절벽에서 칠팔 장 정도 거리를 둔 상태에서 추락하고 있다.

낭떠러지에서 던져진 지 세 호흡쯤 지난 것 같은데 아직도 추락하고 있다.

그러나 언제까지 추락하지는 않을 것이다. 모든 출발한 것은 언젠가는 멈추게 되어 있다. 하지만 이 멈춤은 죽음으로 직결될 것이다.

'비도쾌……'

그때 문득 그는 시기적절하게 비도쾌를 생각해 냈다. 그와 주소옥은 비도쾌의 홈에 피를 흘려 넣어서 영적으로 통하게 되었다.

일전에 비도쾌를 바위에 꽂히게 했다가 돌아오라고 마음속으로 생각하면서 손을 뻗었더니 신기하게도 비도쾌가 그의 손으로 돌아왔었다. 그래서 지금 이 순간 그것을 이용해 보자는 것이다.

지금은 무엇보다도 절박한 상황이다. 이럴 때 오른팔이 움직여 주지 않는다면 마지막 한 올의 희망마저도 물거품이 돼 버리고 마는 것이다.

쉬이이익!

추락하는 속도는 점점 더 빨라지고 있다. 그러나 겨우 움직이기 시작한 오른손이 품속의 비도쾌를 꺼내려는 것은 느리기 짝이 없다.

절곡의 밑바닥은 언제까지 그를 기다려 주지 않을 것이다. 이런 생각을 하고 있는 지금 이 순간에도 그의 몸이 밑바닥에 부딪쳐서 산산조각날 수도 있다.

그 순간 그는 발악하듯이 조금 전 주소옥의 마지막 모습을 떠올렸다.

눈물을 흘리면서 모든 것을 용서하고 이해하겠다는 그녀의 슬프면서도 성스러운 모습을 말이다.

'공주를 팔다니 너는 천하의 개새끼다! 어서 힘을 내서 그녀를 구해야 하지 않겠느냐!'

그는 속으로 악을 쓰며 자신에게 욕을 퍼부었다.

그 순간 기적처럼 오른손이 빨리 움직여졌다. 어쩌면 아주 찰나지간 움직여지는 것일지도 모르니까 신중을 기해야만 한다.

그는 비도쾌를 잡자마자 암벽을 향해 던졌다.

쉬이…….

'끌어당겨라!'

비도쾌를 던지는 것과 동시에 그는 속으로 악을 썼다. 마음속으로 비도쾌에게 돌아오라고 외친다면 날아가던 비도쾌가 돌아올 것이다.

그러면 아무 소용이 없다. 비도쾌와 그가 정말로 영적으로 이어져 있는지는 이 한순간의 기적이 판가름을 할 것이다. 여기에 두 사람의 운명이 달려 있다.

슛…….

그런데 그 순간 맹렬하게 추락하던 쾌도비의 몸이 주춤하는 것 같았다.

슈웃!

그러더니 갑자기 절벽 위쪽을 향해 쏜살같이 쏘아 오르기 시작했다.

칵!

그리고 비도쾌가 암벽에 깊숙이 꽂히는 것과 그의 오른손이 비도쾌를 힘껏 움켜잡은 것이 동시에 일어났다.

휘이잉…….

절벽 위 평평한 돌바닥에는 매서운 찬바람이 몰아치면서 정적이 흐르고 있다.

주소옥은 낭떠러지 끝에서 다섯 걸음쯤 떨어진 차가운 돌바닥에 숲을 향해 여전히 옆으로 누워 있다.

이제 용연풍의 모습은 보이지 않았다. 주소옥이 싸늘하게 지켜보고 있는 가운데 그는 사지를 버둥거리면서 기다가 겨우 일어나서 부들부들 떨리는 다리로 숲 속으로 들어가더니 사라졌다.

그것이 두 시진 전의 일이다. 그때부터 주소옥은 아무도 없는 이곳에 혼자 옆으로 누워서 쾌도비에 대한 걱정으로 속을 새카맣게 태우고 있다.

'쾌도비는 반드시 돌아올 거야……'

지금까지도 그가 돌아오지 않고 있다면 필경 낭떠러지에서 추락하여 즉사했을 것일 텐데도 그녀는 뺨을 차가운 돌바닥에 대고 눈물을 흘리면서 그런 믿음을 저버리지 않았다.

그것은 자신 때문이 아니라 쾌도비가 죽지 말기를 바라는 간절한 소망이다. 그가 살아야 나도 살 수 있다는 타산적인 생각이 아니다.

동굴도 아닌 사방이 훤하게 터진 이런 한데에서 매서운 강풍을 맞으며 누워 있는데도 사명대법에 제압된 그녀는 조금도 추위를 느끼지 못했다.

손발이 얼고 뼈가 얼어 터져도 그녀로서는 전혀 느끼지 못할 것이다.

지금 이대로라면 그녀는 그다지 오래 버티지 못하고 얼어죽고 말 터이다.

하지만 그녀는 그런 사실조차도 인지하지 못했다. 다만 쾌도비가 돌아오기만 기다리고 있을 뿐이다.

가각…….

그때 그녀의 뒤쪽에서 무슨 소린가 들렸다. 날카로운 것으로 딱딱한 물체를 긁는 듯한 소리다.

“헉헉헉…….”

그리고 뒤이어 누군가의 거친 숨소리가 들렸다.

‘쾌도비!’

주소옥은 그것이 쾌도비의 숨소리라는 것을 직감하고 가슴이 터질 듯 기뻤다.

가각… 가가각…….

“허억… 헉헉헉…….”

또다시 이어지는 긁는 소리와 허파가 터질 듯한 거친 숨소리에 주소옥은 이번에는 기쁨의 눈물이 쏟아졌다.

저 소리를 듣고 그녀는 어떻게 된 일인지 어느 정도 짐작할 수 있게 되었다.

쾌도비는 분명 비도쾌로 암벽을 찍으면서 여기까지 기어 올라왔을 것이다.

아까 그녀가 보았던 쾌도비의 모습은 이미 사람의 몰골이 아닐 정도로 끔찍했었다.

그 상태에서 그는 온몸에서 피를 철철 흘리며 한 뼘씩 암벽을 기어서 올라온 것이다.

그는 스스로 살기 위해서가 아니라 주소옥을 구해주려고

저 몸부림을 치고 있는 것이다. 그가 말해주지 않아도 주소옥은 그것을 알 수 있다.

두 사람은 비도쾌의 피로써 맺어진 것만이 아니라, 이미 숱하게 생사고비를 넘나들면서 운명으로 맺어졌기에 그 정도는 그냥 알 수 있다.

'쾌도비…….'

그런데 저러고 있는 그가 너무도 불쌍해서 심장이 조각나는 것처럼 아팠다.

그리고 이 세상의 어느 한 사람이 그녀를 이토록 위해준다는 사실에 행복해서 숨이 끊어질 것만 같았다.

"헉헉헉… 고… 공주……."

바로 그때 그녀의 바로 등 뒤에서 쾌도비의 헐떡이는 목소리가 들렸다.

슥…….

그리고 하나의 손이 그녀의 어깨에 얹어지더니 힘겨우면서도 천천히 그녀의 몸을 똑바로 눕혔다.

턱…….

그녀의 가슴에 쾌도비의 뺨이 묵직하게 얹어졌다.

"헉헉헉헉… 공주……."

그의 얼굴은 주소옥의 얼굴을 향한 채 뜨겁고도 거친 숨을 토해내며 그저 공주라고만 중얼거렸다.

그의 입김이 온전히 그녀의 얼굴로 끼쳐 와서 그가 살아 있음을 실감케 했다.

그가 공주라는 말만 하고 있어도 주소옥은 그가 무슨 말을 하려는 것인지 다 알 수 있다.

그녀는 눈을 내리깔아 쾌도비를 바라보았다. 그의 얼굴은 온통 땀과 흙먼지로 범벅되었고 두 눈에서는 피눈물이 흘러 말라붙었다.

그리고 왼쪽 옆머리가 깨져서 머리뼈가 함몰되었으며 그곳에서 지금도 피가 흘러나왔다.

주소옥은 그의 처참한 몰골이 너무 슬퍼서, 이 지경이 되어서도 그녀를 구하려고 했다는 것이, 그리고 그를 살아서 다시 만났다는 기쁨에 눈물이 쉴 새 없이 흘렀다.

쾌도비는 그 상태로 한참이나 헐떡거리다가 또다시 입을 벙긋거렸다.

"공주……."

그로서도 도대체 무슨 말을 해야 할지 그 뒷말을 이을 수가 없었다.

'아무 말도 하지 마.'

"공주… 나는……."

'괜찮아. 아무 말 안 해도 쾌도비 마음 다 알아.'

"나는……."

쾌도비의 얼굴이 일그러지고 눈이 파르르 떨리더니 왈칵 눈물이 쏟아졌다.

"용서하시오……."

'바보… 누가 누굴 용서해… 바보…….'

주소옥은 쾌도비보다 더 많이 눈물을 흘렸다. 움직일 수만 있다면 두 팔로, 아니, 온몸으로 그를 힘껏 껴안고 몸부림치고 싶었다.

"크흐흐……."

쾌도비가 운다. 이 철석간담의 사내가, 바늘로 찔러도 피 한 방울 흘리지 않을 것 같은 이 목석같은 사내가 주소옥의 가슴에 뺨을 대고 그녀를 바라보며 닭똥 같은 눈물을 펑펑 흘리며 울고 있다.

그녀는 그의 누나가 죽은 이후 그가 처음 우는 것이라는 사실을 모른다.

그리고 그것을 바라보면서 주소옥도 운다. 그녀는 이 순간 자신이 낙양에 가기로 결정을 내린 일을 정말 잘했다고 생각했다.

그랬기에 열 번의 삶을 산다고 해도 만나지 못할 이처럼 귀한 사람을 만나지 않았는가.

슥…….

그때 쾌도비가 몹시 힘겹게 그녀의 가슴에서 뺨을 떼고 상체를 일으켜 앉았다.

그러더니 아주 천천히 등에 메고 있던 봇짐을 벗어 무언가를 꺼냈다.

그것은 두툼한 곰 가죽인데 그가 농상현에서 구입했었다. 그는 매우 힘겹게 헐떡거리면서 주소옥을 들어 올려 곰 가죽을 그녀의 등 밑에 깔아주었다.

그리고는 그녀의 앞섶을 조금만 풀고 부들부들 떨리는 손으로 오른쪽 유방 유두에 꽂혀 있는 솔잎을 한참이나 걸려서 간신히 뽑는데 성공했다.

"하아악!"

순간 주소옥은 허리가 활처럼 뒤로 휘어지면서 자지러질 듯 숨을 토해냈다. 사명대법이 풀린 것이다.

이어서 그녀는 곰 가죽 위에 누운 채 몸을 부르르 격렬하게 떨어댔다.

단지 그 모습만 보면 그녀가 지금 당장에라도 죽을 것처럼 보였다.

"하아아……."

이윽고 긴 한숨을 토해낸 그녀는 자신을 굽어보고 있는 쾌도비에게 눈의 초점을 맞추더니 갑자기 상체를 일으키며 그를 힘껏 끌어안았다.

"쾌도비!"

쾌도비는 주소옥을 업은 상태에서 묵묵히 울창한 숲길을 걸어가고 있다.

"하아아… 하아……."

경공을 전개할 수 없기에 그저 묵묵히 걷고 또 걸었다. 그의 입에서 계속 거친 호흡이 토해지고 있지만 주소옥은 아무 말도 하지 않고 온몸으로 그의 몸뚱이를 꼭 부둥켜안고만 있다.

아까 그 절벽 위에서 쾌도비기 그녀를 업으려고 했을 때 한바탕 소동이 벌어졌었다.

주소옥은 만신창이 쾌도비에게 업힐 수 없다고 버텼고, 쾌도비는 한시바삐 거길 벗어나지 않으면 추격대에게 죽음을 당할 것이라고 그녀를 설득했다.

결국 주소옥이 졌다. 그의 말이 옳기 때문이다. 생존이라는 당면한 대명제(大命題) 앞에서 그녀는 그의 말을 따를 수밖에 없었다.

그리고 방법은 그에게 업히는 것뿐이었다. 업히지 않으면 그녀가 이 험준한 산길과 숲 속을 걸어야 하는데 그것이야말로 죽음으로 이르는 지름길이다.

그녀는 지금만큼은 그에게 순종하기로 했다. 다만 그가 쓰러지지 않기만을 빌 뿐이다.

그래도 그녀는 너무나 행복했다. 쾌도비에게 업혀서 두 팔과 두 다리, 그리고 온몸으로 그를 안을 수 있기 때문이다. 지금 그녀에겐 이보다 더 큰 기쁨과 행복은 없다. 과연 낙양 천절문에 무사히 도착하더라도 이처럼 기쁘겠는가.

아까 절벽 위에서 굵은 눈물을 흘리던 쾌도비는 어디론가 사라져 버리고 지금 그는 평소의 무뚝뚝하고 고집불통 쾌도비로 되돌아왔다.

언제나 그랬듯이, 어디로 갈지 어디에서 쉬고 잘지는 그가 결정한다. 주소옥은 그냥 그를 믿고 업혀 있기만 하면 되는 것이다.

지금 쾌도비는 서쪽으로 가고 있는 중이다. 그 방향은 목적지 낙양이 있는 북쪽도 아니고, 사람들이 사는 동쪽이나 남쪽도 아니다.

서쪽에는 수십만 리나 험준한 산맥이 길고도 길게 뻗어 있을 뿐이다. 그곳으로 가고 있는 것이다.

지금 당장의 목적이 생존이기 때문이다. 그러자면 추격대의 포위망이 가장 취약한 서쪽으로 가야 한다.

무조건 안전한 장소를 찾아서 쉬어야만 한다. 쉬고 또 치료하지 않으면 그는 죽을 것이다.

그는 지금 자신조차도 모르고 있던 실로 초인적인 의지로써 걷고 있는 중이다.

처참하게 짓이겨진 자신에게 이런 힘이, 아니, 의지가 남아 있다는 사실이 그저 고마울 뿐이다.

주소옥은 아까 절벽 위에서 사명대법이 풀린 직후에는 쾌도비와의 감격적인 해후와 포옹 때문에 조금도 추위를 느끼지 못했었다.

그러나 그 후에 죽을 것 같은 추위가 온몸을 엄습했었다. 그러나 지금은 너무도 따뜻했다.

다시 느끼게 된 쾌도비의 체온과 온몸을 덮고 있는 두툼한 곰 가죽 덕분이다.

*　　*　　*

"용 대협!"

사신이십오령주와 무극이령은 용연풍을 찾아서 산속을 헤매다가 가까스로 그를 발견했다.

용연풍은 절벽 위에서 십여 리 떨어진 험준한 산중에 쓰러져 있었다.

사력을 다해서 네 시진 동안 걷고 기어서 여기까지 온 것이다. 쾌도비에 대한 공포와 죽음에 대한 위협이 그를 살렸다고 해도 지나친 말이 아니다.

그토록 발버둥치지 않고 절벽 위에 그대로 있었으면 그는 쾌도비에게 죽었을 것이다.

"흐으으……."

용연풍은 온몸이 검푸른 색으로 변해 있었다. 체내에 주입된 강기가 그의 내장과 장기, 그리고 피를 서서히 죽이고 있기 때문이다.

"용 대협! 이게 어떻게 된 일입니까?"

"자봉공주는 어떻게 됐습니까?"

용연풍에게 두 사람의 말은 귀에 들어오지 않았다. 그는 오로지 살아야 한다는 일념뿐이다.

"나를… 사부님께 데려다다오… 어서……."

이십오령주가 급히 물었다.

"용 대협의 사부님이 누구십니까? 어디에 계십니까?"

용연풍은 의식이 가물가물했다.

"처… 천절성군(天絶聖君)이시다……."

"……."

이십오령주와 무극이령은 입을 딱 벌리고 혼비백산하는 표정을 지었다.

천절성군은 사신육비의 사신 중 하나인 낙양 천절문의 태상문주(太上門主)인 동시에 육비의 한 명이다.

*　　　*　　　*

어둠이 찾아들기 시작했다.

쾌도비는 이제는 한 걸음도 더 옮길 수 없을 만큼 기진맥진한 상태다.

그는 우두커니 멈춰 서서 느릿하면서도 흐릿한 시선으로 주위를 둘러보았다.

"아무 데서나 쉬자."

두 팔로 그의 가슴을 꼭 안고 있는 주소옥이 손바닥으로 그의 가슴을 톡톡 두드리며 다독이듯 말했다.

갈비뼈가 모조리 부러지고 장기와 내장이 으스러져 버린 그로서는 그녀의 작은 손짓 하나에도 만 근 바위의 짓눌림처럼 여겨졌다. 그러나 신음조차 흘리지 않고 어금니를 악물며 참았다.

"허허실실이야. 추격대는 은밀한 곳만 찾아다닐 테니까 좀 어수룩한 곳이라도 괜찮아."

주소옥은 말은 그렇게 하지만 그것은 순전히 쾌도비를 이제 그만 쉬게 하려는 배려다. 그리고 그런 마음을 모를 리 없는 쾌도비다.

사박사박…….

그는 다시 걷기 시작했다.

쑥—

무겁게 느릿느릿 걸음을 옮기던 쾌도비의 앞발이 무언가를 디뎠는데 아래가 비었다.

급히 발을 빼려고 하는데 힘을 주고 딛고 선 뒷발 아래쪽마저도 쑥 꺼져 버렸다.

슈아아—

그리고 그는 어떻게 해볼 새도 없이 걷잡을 수 없이 빠른 속도로 추락하기 시작했다.

"쾌도비!"

주소옥이 날카롭게 외치는 소리를 들었으나 쾌도비로서도 어떻게 대처할 재간이 없다.

이게 무슨 구멍인지 어디론가 통하는 통로인지 알 수 없지만 직선도 아니고 한참이나 구불구불 돌아서 추락했다.

쿵!

"윽!"

"아앗!"

열다섯 호흡쯤 지나서야 두 사람은 한 덩어리가 되어 어딘가에 내동댕이쳐졌다.

그리고 그 엄청난 충격으로 쾌도비는 그대로 혼절해 버렸다.

쾌도비는 온몸이 짓이겨지는 듯한 극심한 통증을 느끼면서 혼절에서 깨어났다.

그때 그는 입이 몹시 답답한 것을 느꼈다. 뭔가에 막혀 있거나 무엇이 입을 덮고 있는 것 같았다.

그러는가 싶더니 입속으로 무언가 흘러 들어왔다. 매우 쓰디쓴 액체였다.

"……!"

번쩍 눈을 뜬 그는 뜻밖의 상황에 놀라서 눈을 커다랗게 떴다. 주소옥이 그에게 입을 맞추고 있었다. 눈을 감고 있는 그녀의 긴 속눈썹이 보였다.

그렇다면 지금 입속으로 흘러들고 있는 쓴 액체는 그녀가 자신의 입을 통해서 그의 입으로 넣어주고 있는 것이 분명했다.

그녀가 넣어주는 것이라면 해로운 것이 아닐 터이다. 쾌도비는 눈을 뜬 채 그대로 가만히 있었다. 쓴 액체는 목구멍을 타고 뱃속으로 내려갔다.

주소옥은 그에게서 입을 떼더니 손에 쥐고 있는 회백색의 어떤 뿌리 같은 것을 입으로 가져가서 깨물고는 입안에서 오물오물 씹었다.

그녀는 쾌도비가 깨어나서 자신을 지켜보고 있다는 것도 모른 채 한참이나 씹다가 이윽고 뾰족하게 내민 입술을 그의

입으로 가져가다가 눈을 뻔히 뜨고 자신을 쳐다보고 있는 그
를 발견했다.

꿀꺽…….

그녀가 놀라서 입안에 있는 약초 물을 삼키는 소리가 쾌도
비에게까지 들렸다.

그녀는 눈을 동그랗게 뜨고 쾌도비를 바라보다가 배시시
아름다운 미소를 지었다.

"깨어났구나."

"무얼 하는 거요?"

"하수오(何首鳥)야. 네가 스스로 씹어 먹지 못하니까 내가
대신 씹어서 약초 물을 흘려 넣어주는 거야."

공주가 그리고 여자로서 그런 행동을 하고 또 그런 말을 하
는 것은 결코 쉽지 않을 텐데도 그녀는 당연한 듯이 사근사근
한 목소리로 설명했다.

"희한하게도 이곳에는 수많은 약초가 산재해 있어. 그래서
내가 그것들을 채취하여 쾌도비에게 먹였어."

그렇다면 그녀는 이게 처음이 아니라 이미 여러 약초를 이
런 식으로 그에게 먹였다는 것이다.

쾌도비는 팔꿈치로 바닥을 의지하여 상체를 일으키려고
하다가 가슴이 찢어지는 듯한 통증을 느꼈다.

"으으……."

“안 돼. 그냥 누워 있어.”

그녀가 놀라서 급히 그를 붙잡고 일어나지 못하게 막았다.

“가슴 어떻게 된 거야?”

“별것 아니오.”

알아야 좋을 것 없어서 쾌도비는 그냥 얼버무렸다.

“어떻게 된 건지 알아야 치료를 제대로 할 것 아냐. 빨리 대답해 봐.”

한 살 어린 그녀는 마치 엄한 누나처럼 사나운 눈을 하고 쾌도비를 혼냈다.

그래서 문득 그는 아주 오랜 옛날 밖에 나갔다가 동네 왈가닥패에게 두들겨 맞고 집에 돌아온 날 누나가 성난 얼굴로 그를 혼냈던 모습이 떠올랐다. 지금 주소옥은 그때 누나하고 많이 닮았다.

“밟혔소.”

“그놈이 발로 밟은 거야?”

“갈비뼈가 부러지고 장기와 내장이 파열된 것 같소.”

하수오가 어떻다든가, 여러 약초를 채취하여 그에게 먹였다는 그녀의 말을 듣고 쾌도비는 그녀가 의술에 조예가 있을지도 모른다는 생각을 했다. 그렇다면 이실직고하여 제대로 치료를 하는 것이 좋다.

“그랬었구나.”

　그녀의 사나웠던 얼굴에 금세 더없이 안쓰러운 표정이 떠올랐다.

　"그런데 여기는……."

　그는 무엇보다도 이곳이 어딘지가 궁금했다. 물론 추격대 때문이다.

　그러자 주소옥은 상체를 틀어 한쪽을 가리키면서 환하게 미소 지었다.

　"여긴 별천지(別天地)야."

『무정도』 4권에 계속…

長江三峽

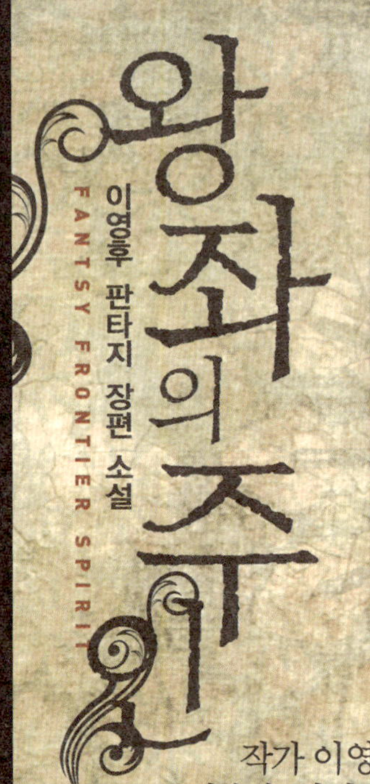

Book Publishing CHUNGEORAM

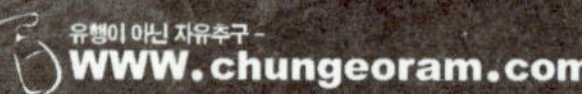